喜樂莊

案卷一 真龍天子

蒔舞

插畫／阿亞亞

目錄

蒔舞

插畫／阿亞亞

Kadokawa Fantastic Novels DX

楔子

十五的圓月高掛在空中，除了打更人低啞的嗓音，寂靜無聲的夜裡，街角傳來的狗吠聲綿長而淒涼，伴著一陣急促的腳步聲，此起彼落地在無人的路上響起。

三更剛過，一頂轎子停在喜樂莊大門口，一個家丁衝上前去，砰砰砰地響起驚天動地的敲門聲。

一名年過半百的老人家從轎裡下來，帶著一臉驚慌的神情，急得一身汗，讓家丁用力拍門。

三更時分如此擾人清夢的舉動，左鄰右舍居然也沒有人出來觀看，似乎已經習慣了喜樂莊常常發生這類事情。

「段先生！段先生救命呀，快開門呀。」

老者看家丁拍了半炷香的時間門都沒開，急得自己上前用力拍門大喊，好一陣子木門才緩緩開了一條縫，一名青年臉色嚴峻地瞪著他。

「我們家老爺出遠門了，入冬之前不會回來，江老爺請回吧。」

青年說完話就要關門，江老爺原本因為門開而綻放的喜悅笑容頓時僵住了，趕緊伸手去擋。

「等一等，不離小哥，您幫幫忙吧，我兒媳婦都要上吊了，您幫幫我吧！」

被喚不離的青年皺起眉，卻也沒有硬將門關上，只瞪著江老爺卡在門板上的肥厚手掌。

「就說師傅不在了，我無能為力，您請回吧。」

江老爺被段不離這麼一說，急得居然在大門口就哭了起來。

「我江家就這麼一個獨子，您也可憐我晚年喪子，這樣下去我連未出世的孫子都保不住了啊。」

段不離滿臉不悅卻只是耐著性子解釋：「江老爺，您……」

「不離，在外面的是江老爺嗎？」

門後傳來一個輕緩低柔的嗓音。段不離嘆了口氣，回頭開口的聲音變得柔軟許多。

「是的少爺，是江老爺。」

江老爺就像溺水江中抓到浮木的人般大聲叫了起來：

「月少爺！救命呀！救救我兒媳婦呀。」

段不離擋在門邊半晌，最後無奈地退後一步敞開了門。

門後一個清秀的公子走了出來，略微蒼白的臉色、削瘦的身子，像是被風吹了就會倒的模樣，那是喜樂莊的二公子段語月。

段語月朝江老爺笑著：「如果少夫人病了，應該找我姊姊才是。」

江老爺抹著眼淚，一臉哀戚地開口：

「如果病了，我當然會盡快送到大小姐那裡。月少爺也知道今兒個是我獨子阿為的頭七，半夜不知道為什麼，他突然直挺挺地跳起來，就這麼衝出門去了，把我嚇得魂都飛了。」

江老爺哭著說明：「我那懷有六個月身孕的兒媳婦一向乖巧孝順，內人大概是傷心過度，把阿為的死都怪在她頭上，我這頭勸著內人，才一轉身，那頭我兒媳婦就衝回房去上吊！幸好丫鬟發現得早沒讓她吊上去，我讓人盯著，趕緊上喜樂莊來求救，月少爺您就幫幫我吧。」

江老爺說著就想跪下，段不離一個伸手挽住了江老爺，淡淡提醒：

「會折我家少爺的壽。」

江老爺愣了一下趕忙停下動作：「是是，我怎麼老糊塗了。」

段語月笑了笑地開口：「江老爺您不用急，我看看能幫上什麼忙。」

「太好了，謝謝月少爺，謝謝月少爺。」江老爺這才破涕為笑地連聲道謝。

段不離仍然滿臉不悅，但還是向前走了一步，攔在老者身前。

「江老爺，知道我們少爺出門的規矩吧？」

「是是，當然，我馬上去準備，轎馬上到。」江老爺連忙點頭，身後家丁很機伶，不等他吩咐就跑開了去。「請稍等一會，轎子馬上就來。」

「那請江老爺先回家等著吧。」段不離沒等江老爺應聲，就關上大門。

「死都死了，多等上幾個時辰也還不是死了。」段不離一邊面無表情地抱怨著，一邊扶段語月走回廳裡。

段語月笑著：「別這麼說，反正我也睡不著，出去走走又何妨？」

「燒還沒退呢。」段不離瞪了段語月一眼。

「早退了，現在還熱著是給你用被子悶熱的。」

段語月好笑地睨了他一眼。

「反正都要到城中，在江老爺那裡休息一陣，一早順道上姊姊那裡，讓她給我抓幾帖藥不好？」

「你沒沾著自個兒的床能睡得著？我昨兒個要你去找大小姐的時候你還不肯，現在就肯了？」段不離不以為然地回答。

「今日不同。」

段語月抬頭望著天，正好十五的圓圓月兒高掛在天上，像個白玉盤似的溫潤明亮，仔細瞧還有幾點星芒在夜空中顯得特別明亮。望著這般星夜，段語月漾起笑容，語氣顯得有些欣喜。

「有貴人要到呢。」

「管他什麼貴人，後頭睡著個閒人，前頭還有個起屍的，你要是今晚出門病更重了的話，明兒個起我就封莊到師傅回家。」段不離皮笑肉不笑地回答。

「……就知道嚇唬我，還不去拿我的外袍來。」段語月瞪了段不離一眼。

「是，少爺。」

段不離這才真正笑了起來，嚴肅的神情瞬間柔和了不少，回身去內室取了段語月的外袍。走過前院抬頭看著皎潔的月亮，想到段語月說的貴人，皺了皺眉頭後轉頭進廳，他只希望這個「貴人」不是帶來麻煩的人。

第一回　貴人夜訪

喜樂莊，位於柳州北宜城三喜鎮裡。

喜樂莊並不是什麼名門莊苑，它只是個義莊，專門停屍，給手藝人落腳的地方。

通常那是個沒有人想去，更別說提起的地方，但喜樂莊卻很特別。

柳州有三個城、八個鎮、十二個村子，柳州縣衙當然也不只有喜樂莊這麼一個義莊，但是它卻是柳州八個義莊裡最受人尊重的一個。

因為段家從上八代起就精通天文地理玄黃八卦，除了守住喜樂莊以外，段家一向樂於助人，不只城裡人，還時常有人特地遠道而來上門求助。

而段家莊主段修平為人博學謙和，不管在任何時候都不拒絕上門求助的人，因此三喜鎮裡人人都尊稱他一聲先生。

每當段修平必須出遠門的時候，守在莊裡的段語月也如其父一般，從不拒絕有求於他們的人，但段語月身體不好易受風寒，常常一躺就是好幾天。

段家長女段曉蝶精通岐黃之術，配藥給弟弟細心調理，卻也只能讓他在仲夏時節身體好些，因此段語月沒事不出門，出門絕不走路，到哪裡都有轎子等著。段修平節儉樸實，家裡當然不會有轎子和轎夫，所以半夜要請他出門的人，絕對得帶著轎子來。不是段語月架子大，而是只要他每回夜晚出門，絕對躺著回來，屢試不爽。

所以現在段語月被段不離用狐毛外袍包得緊緊的，坐在江老爺命人抬來的轎子上，搖搖晃晃地差點要睡著。

「少爺，到江家了。」

「喔，我沒睡著。」段語月揉揉眼睛，才一抬手段不離已經扶了過來。

江家七天前死了獨子，門前兩個白燈籠淒涼地掛在那裡，段語月在門口停了停，低頭看著地上半晌，才走進江家。

江家大廳正中停著棺，棺尾裂了一角，地上滿是黑灰腳印，家人們都一臉驚慌地用求助的眼神望著段語月。

段語月看著大廳上的牌位，又望向地上的黑灰印子，不發一語地又朝外走去，一路注視著地上。

江老爺跟在後頭，也往地面望去，這才發現地上有排濕淋淋的腳印，沿著廳一路踩出去。

江老爺不禁悲從中來，他的獨子阿為就是淹死在湖裡，這些濕腳印子顯然是剛剛跑出去的屍體留下來的。

「月少爺……您說阿為會不會有什麼冤屈？不然怎麼會就這麼跑了出去呢？」

「江少爺是被謀害的嗎？」

「這……好像不是，李捕頭說他是失足落湖的，有很多人看見他不知道掉了什麼東西在湖裡，他一個伸手沒撈到掉下去的。」

江老爺一臉難受，想了想又氣呼呼地開口：

「那三喜湖早該填掉了，每年不知有多少人掉下去救不上來，真不知道還得死多少人，這湖才能填得起來。」

真要說來，當地是有了三喜湖才有這三喜鎮。據說是不知幾代前的皇帝，還是太子的時候微服出巡，路過此地見這兒風景優美、湖面清澈，就賜名「三喜湖」，爾後這個無名的小鎮才熱鬧了起來，並被命名為「三喜鎮」。也因此就算數百年之後湖水濁黑、死人無數，不能飲用、不能洗滌，特意繞著走仍然相當邪門地總有人落水，依舊沒人敢填平這座湖。

「如果不是被謀害的，怎麼會有冤屈呢？」段語月笑著說：「您老別瞎猜了，我想江少爺是有心事未了才會這般跑了出去，我們找他去。」

「那……得上哪兒找？」江老爺擦擦眼淚卻是一臉迷惑。

「既然是掉到湖裡了，我們就到湖邊看看吧。」

段語月笑著上了轎，段不離跟在身邊，轎子又一路由江家慢慢晃到了湖邊。

三喜湖說大不大，說小卻也不小，繞著湖走大概得走上半個時辰，湖邊風景依舊美麗，但湖面已經不再清澈。

黑乎乎的湖裡不知道淹死過多少人，如果不是大白天，還真沒有人敢下湖去撈，深怕被水鬼拉了當替身。

段語月下了轎，緩步走向湖邊，段不離扶著他的手臂，輕聲開口：

「好了，別走那麼近。」

十五的月光皎潔，照著湖面波光粼粼倒也十分美麗，段語月伸手指著湖中，大概十幾步的距離。

「不就在那兒嗎？」

江老爺定神一看，浮在湖邊那半截壽衣正是他給兒子買的，雙腿一軟跪下來，不禁又哭了起來。

「兒呀，你有什麼冤屈就說出來，好讓爹給你報仇呀！」

段語月瞪了正在翻白眼的段不離一眼，輕聲開口：

「江老爺，江少爺是失足落湖的，您別直嚷著報仇，嚷久了他當真的。」

江老爺愣了愣連忙住口，擦擦眼淚站了起來。

「月少爺，現在……該怎麼辦？」

段不離看起來真有些不耐煩地開口：「江老爺，難不成還要我們少爺去替你撈嗎？請人把你家少爺撈起來帶回去安葬就好了。」

「這、這裡就算是白天也不太找得到人願意幫忙的，更何況是現在！況且會不會明兒個又發生一樣的事？內人可禁不起再嚇一次呀。」

江老爺面有難色地望著段語月。

段不離臉色一沉，正要出聲斥責的時候，段語月使了個眼色制止他，側頭朝江老爺笑著說道：

「我家裡有個閒人，現在正幫得上忙，只是不知道江老爺家裡可有好酒？」

江老爺一愣，不知道跟酒有什麼關聯，只連連點頭：「有有，當然有。」

「那就請江老爺差人跑一趟，帶著酒到我家去。東側第一間廂房裡睡著一個滿臉鬍子的大叔，只要打開酒罈他就會醒，等他搶了酒喝完，就告訴他說喝了您的酒，就得給您幫忙，請他來湖邊一趟，他會來的。」

江老爺愣愣地聽完，不住點頭。

「我馬上差人去，月少爺要不要先回我府裡休息一下，不要著涼了。」

段語月笑了笑，蒼白的笑容映著月色美得不像人，倒像是聊齋裡的鬼。

「快入夏了，我沒事的，請江老爺快些就好。」

「是是是。」江老爺也不敢多看，覺得心裡有點害怕，連忙轉身離去。

傳說段語月死過一次，是讓段修平從地府裡搶回來的，此後才變成這副身體虛弱半人半鬼的模樣，鎮裡的人對段語月一向是又尊敬又好奇，但又有些懼怕。

尊敬他年紀尚輕就如其父一般助人，好奇是他那一雙能辨陰陽的眼睛，怕的是他幾乎死過一次的經歷。

聽說段語月在七歲那一年生了場大病，高燒不退，足足燒了七天，所有的大夫看了都要段修平準備後事，但段語月卻又活了回來。

沒有人知道段語月是怎麼活回來的，只知道他自此身體孱弱，腦子變得有些遲緩，常常事情做一半就開始精神恍惚，像個人偶一般，不管誰叫他都不會有反應，狀況時好時壞。

更尤其段語月和段曉蝶如同雙生一般的貌美，三番兩次有歹人來拐騙，就算是男孩也讓段修平傷透腦筋，只好讓姊姊成天幫忙盯著。

這情況維持了半年左右，某天鎮上人突然發現段家不知道什麼時候多了個男孩，名喚「不離」。

段不離長段語月五歲，總稱段語月「少爺」，若要說是下人，他卻只伺候段語月一個人，而段修平對外也說這孩子是段家的養子不是下人，但段不離仍然堅稱段修平為老爺。過了好一陣子，段不離才願意改稱段修平為師傅，讓鎮上人有點搞不懂他們的關係。

但段不離能幹少言，對段家盡心盡力，鎮上人便稱他聲「段管事」。

而從段不離來到段家開始，便不見段語月出現恍恍惚惚的狀況，神智清明如同過去一般。

十幾年來，段不離果如其名地從沒有離開過他家少爺。

而此時段不離也沒理會跑開的江老爺，側身替段語月把衣帶繫緊些，伸手探探他的額頭，眉頭又皺了起來。

「愛管閒事，這次看你要躺上幾天。」

段語月笑笑，不管遇上什麼事，不管是快樂還是悲傷，是忿怒還是無奈，他總是微笑以對。

「總不成讓江少爺就這麼浮在江上，你不是嫌那傢伙老愛來吃閒飯，給他點事做不好嗎？」

段不離冷哼了聲表示不贊同，卻也沒有再表示抗議。

「要不到涼亭坐坐？」

「不了。」段語月抬頭望著月，沉靜淡雅地笑著。「貴人就要到了。」

段不離無奈地吁了口氣，也只能陪著段語月在湖邊等著。

「少爺，前邊好熱鬧啊。」

湖邊官道上，一行三人正好路過此地，一個年約八、九歲的孩童，腳步輕快地走在路上，好奇地朝湖邊張望。只見十幾個人拿著火把，把湖邊照得亮如白晝，像是湖面上有什麼稀奇的東西。

「都過三更了還遊湖啊？」孩童好奇地踮起腳尖看著：「他們也錯過了旅店嗎？」

兩個衣著華貴的青年公子漫步在孩童身後，黑衣青年有張俊朗的臉容，高大挺拔的身形停了下來，負著手持劍站立的姿態俊逸瀟灑。他只朝湖邊掃了眼，隨即輕皺起眉。

「別亂說話，該是有人落水了。」

「咦？落水！」孩童嚇了一跳，望向白衣青年：「少爺，我去幫忙！」

白衣青年有著斯文清俊的容貌，微冷的神情帶點陰鬱，勾起唇角淡笑著。

「你連游水都不會，能幫什麼忙？」

「我去看看好了。」黑衣青年說罷，雙腳一蹬，提氣飛身朝湖邊去了。

「七爺小心啊！」孩童嚷了句，像是想跟上又不敢離開白衣青年。

「想看熱鬧就去，別佇在這兒。」

白衣青年好笑地輕敲著孩童的頭，而他一笑起來，臉上那種憂鬱的神情退了些，看來就多了幾分清朗。

那孩童猶豫了會兒卻是搖搖頭：「怎麼能讓少爺一個人。」

「那就一塊兒去看看吧。」白衣青年笑著摸摸那孩童的頭，朝湖邊走去。

那孩童開心笑著，親暱地拉著白衣青年的手朝湖邊走去。

黑衣青年正站在湖邊觀望著，見他們倆下來也只望了一眼。

「湖邊危險，別靠太近。」

白衣青年只點點頭，朝黑漆漆的湖面望去。月光照射在湖面上，微風吹過泛起一片波光粼粼，理應是個美景，但現在站在湖邊的人怎麼看都覺得湖面上點點白光就像千萬隻眼睛眨啊眨地正望著他們，令人毛骨悚然。

那孩童望見湖面上浮著半截衣裳，有些害怕地靠近了白衣青年，小小聲開口：

「少爺，那裡有人……不去救他沒關係嗎？」

白衣青年皺了皺眉，顯然那應該已經是屍體了。瞧湖邊大概有七、八個男人站在那裡，卻沒有人要下去撈起，疑惑地望向黑衣青年。

「子衡，他們為什麼不把……人撈起來？」白衣青年怕嚇著孩子，避開了屍首的字眼。

「好像在等什麼人的樣子。」

被喚子衡的黑衣青年也覺得疑惑，方才他見那麼多人圍在湖邊，開口問了下需不需要幫忙，那些人都連忙搖頭叫他站後面點，深怕他靠近湖邊。

「這麼多人在，趕緊把人撈起來就好了，還要等什麼？官府的人嗎？」白衣青年不太理解地說道。

「公子是外地來的吧？」

白衣青年側頭望去，一個男人站在不遠處望著他們開口：

「這湖入了夜不能靠近的。」

「為什麼？」白衣青年不解：「這麼多火把在，用繩子拉著，小心些不就能將人撈起來了？」

「所以說公子您是外地來的。這三喜湖不是一般的湖，夜裡要是靠太近，會被這湖給吞掉的。」男人很認真地說道。

那孩童更害怕地黏住白衣青年：「有、有怪物呀？」

「誰曉得呢？只要夜裡落湖，幾乎沒有活著出來的。」男人嘆了口氣。

「李大哥別嚇人了。」一個溫和的嗓音從後頭傳了過來。

白衣青年回頭一看，一個白皙漂亮的青年公子裹著一身狐裘，身後跟著一名藍衣青年走了過來。

「月少爺，怎麼不在涼亭歇息一下？」那男人連忙走過來，態度顯得十分殷勤：「要不要給您準備點熱茶？」

「涼亭裡反而風大，今兒個月色不錯，乘機走走也不錯，李大哥不必費心了。」

從後頭走過來的人正是段語月和段不離。

段語月安靜凝視白衣青年半晌，漾開淺笑溫潤如月。

「三位公子可是錯過旅店？」

白衣青年朝他一笑。

「正是，前頭風光明媚，不小心就錯過旅店，只好連夜趕路。」

「前頭的旅店開在岔路裡，常常有人錯過的。」段語月說完，朝白衣青年身後望了眼。

白衣青年下意識回頭看去，身後當然什麼都沒有，再回頭的時候段語月也只朝他笑了笑。

黑衣青年則朝段不離打量一番，心想此人乍看是個家僕，但仔細望去一身內勁隱藏得極好，看來只是隨意負手站立，卻是相時而動的姿態，緊緊跟隨在段語月身邊保持沉默。

段不離似乎注意到他的目光，側頭望了他一眼，黑衣青年便朝他禮貌地點點頭。段不離也只點了下頭就把目光放回湖面上。

正是一片寂靜的時候，只聽見那孩童的肚子突然咕嚕地響了好大一聲，他羞紅了臉抱著肚子低下頭來。

白衣青年也苦笑著，傍晚走了好一陣子也沒遇著個茶棚，這個時辰了更不會有人賣吃的，也難怪這孩子餓了。

段語月笑了起來，側頭望去，段不離就從手上提著的包袱裡掏出了個小巧的食盒，打開遞給那孩童。

「小公子餓了吧，這有些點心，是家裡人做的，要是不嫌棄就用點吧。」

孩童見那食盒裡有四色糕點跟兩種鹹點，擺放得整整齊齊，食盒一掀香氣迎面撲來，尤其是裹著糖粉的糯米球兒看起來好吃得不得了。

他們一行人在晚膳過後，顧著瞧沿路的風光，不小心錯過旅店，只得趁夜趕路，走了近兩個時辰才到這裡。這個不滿十歲的孩子，早餓得前胸貼後背，但又不敢動手，只可憐兮兮地望向白衣青年。

白衣青年原想拒絕，但也知道這孩子餓了，只得怪自己沿路貪看明媚風光才錯過旅店，猶豫了會兒，見段語月溫和有禮，就朝向段語月開口：

「多謝這位公子，錯過了旅店之後沿路上也找不著吃食，才讓這孩子餓著了。」

白衣青年又望向那孩童：「小鐵，還不快謝謝公子。」

黑衣青年皺了皺眉，像是覺得不太妥當，但也沒有出聲阻止，他知道那孩子確實是餓了。

「謝謝公子！」那孩童開心得不得了，捧著食盒不曉得該先揀哪一樣。段語月見那孩子吃得開心，也笑了起來。

「在下孫少璿，京城人氏。」白衣青年溫和有禮地開口，又指指身邊的黑衣青年：「這是我七弟孫子衡。」

孫子衡禮貌性朝段語月點點頭，孫少璿又拉過了那孩童。

「這孩子是我從小帶在身邊的，叫蘇鐵。」

蘇鐵抹了抹嘴，放下食盒朝段語月一揖，乖巧地開口：「蘇鐵見過公子。」

段語月瞧著蘇鐵有張圓潤的臉蛋，一雙靈動的大眼睛襯上一對招風耳，看起來十分可愛。

「小公子不必多禮。」

蘇鐵大約沒這麼被叫過，有些不好意思地摸摸頭：「公子叫我小鐵就行啦。」

段語月笑著望向孫少璿：「小姓段，段語月，這是我家管事段不離。」

段不離只是朝孫少璿點點頭，低頭見蘇鐵有點困難地吞著糯米丸子，就把腰間繫著的竹筒遞給他。

「謝謝哥哥。」

蘇鐵吃得滿嘴糖粉，正想喝口水就見眼前有水出現，一開心就朝段不離笑著冒出了句哥哥。大約是天冷，蘇鐵圓圓的臉頰上紅撲撲的，模樣十分可愛，惹得段不離也微微一笑。

這一笑讓原本嚴肅的臉生出幾分柔和：「別噎著了。」

孫少璿有些無奈地敲敲蘇鐵的頭，輕斥著：

「小鐵，怎麼這麼失禮，要叫段總管。」

「無妨，就叫他聲哥哥吧。」段語月覺得有趣，段不離一向對人不冷不熱，難得見他多說一句話，忍不住抬頭看了他一眼。

段不離望著他家少爺閃著一雙亮晶晶的眼眸，淡笑著攏攏他的狐裘。

孫少璿見他們主僕感情甚佳也十分有趣，但想想又覺得有些奇怪，深更半夜的，這對主僕居然還有興致在這裡賞月，如果是那具屍首的家人，為何沒有一點哀傷的神色？

也不像是官府的人，更奇怪的是，段語月不曉得為什麼直往他身後打量，有回還笑了笑。

孫少璿覺得有點奇怪，而孫子衡一直沉默著沒有開口，只是望著湖面。

孫少璿想不管如何，他們在這裡鐵定跟湖裡屍首有關，便開口問道：

「前面湖裡是有人落水？」

段語月似乎是覺得笑著回答這事不好，斂起笑容說：「是，死後又落水，正在撈呢。」

「死後落的水？有人謀害棄屍？」孫少璿對他的回答有些好奇。

段語月搖搖頭。

「是失足落水，給家人抬回去後，大概是身前事未了，又跑回湖裡了。」

若不是段語月的神情很認真，孫少璿還以為他在開玩笑。正想再開口問的時候，前面等著的人都叫喚起來：

「來了來了！」

「終於來了。」段語月語氣也有些無奈。孫少璿好奇地望了過去，只見一個滿臉落腮鬍的大叔，穿著粗布衣裳，渾身酒氣搖搖晃晃走了過來。

那大叔站在湖邊愣了一會兒，伸了伸懶腰才開口，指指湖面上的屍首：「就那個？」

江老爺連連點頭：「是是，那是我兒子阿為，請先生幫忙。」

「麻煩啊……早知就別喝你的酒。」那大叔搔搔頭，模樣有點為難。

「先生請幫幫我，別讓我兒一直落在水裡了。」江老爺一聽又連忙哀求著，說著眼圈又紅了。

「陸先生。」段語月走了過去，段不離緊跟在身後。

大叔回頭看是段語月，滿臉的無奈。

「你這孩子老害我，半夜不讓我睡覺還讓我做這種麻煩事。」

段不離一挑眉：「誰讓你喝人家酒。」

「我不就睡在你們家嗎？有酒送到我跟前我還以為是你給我的。」大叔滿臉委屈地望著他。

段不離翻了翻白眼，沒好氣地說道：「天冷，你快點辦好了我們就能回去了。」

「天冷你還帶小月出門。」那大叔似乎還不太甘願地碎碎唸著。

段語月也溫和說道：「陸先生請幫幫忙吧。」

孫子衡搞不懂這麼多年輕人為何得要一個大叔下湖，皺著眉向前走了幾步。

「我來幫忙吧。」

孫子衡腳步沒停，朝前走了兩步提氣就要躍起，才要離地就見段不離突然間就飄到眼前，面無表情地攔著他。

孫子衡看得出來段不離功夫很好，卻沒想到他輕功如此之高，他幾乎沒感覺到身後有動靜，人已經在他跟前了。

孫子衡還在猶豫的時候，肩膀被拍了一下。他心底一驚想甩開那隻手卻發現做不到，他一回頭只見那個大叔笑嘻嘻望著他。

「年輕人，別那麼衝動，這湖不是誰都能下去的。」

孫子衡倒也不是什麼衝動的個性，只皺著眉頭問道：「那屍首飄在湖上這麼久，家人都還候著，先生有本事的話何不做些好事幫幫忙？」

大叔放開了按著他的手，搔搔頭地轉開臉，一臉耍賴的模樣。

最後段不離終於不耐煩地開口：「我灶裡煨著隻燒雞，米桶裡有酒，你快點辦好了就給你。」

「你早說嘛！我想說下午你燒半天的雞哪兒去了，害得我好找。」大叔一下子開心了起來，開心地朝湖邊走去，抬手從懷裡拿出個鈴，在手上搖了起來。

輕脆的鈴聲在夜裡響起來卻格外地詭異，孫子衡有些訝異，頓時明白那位大叔是做什麼的了。

「是趕屍人啊。」孫少璿也訝異地開口。

「是的，陸先生名喚陸不歸，是趕屍人。」段語月無奈地回答，又望向孫子衡。

「對七爺有失禮之處還請見諒，陸先生脾氣比較刁鑽些。」

孫子衡也不介意，只搖搖頭：「無妨，我好多年沒見過趕屍人了。」

蘇鐵畢竟是個孩子，有些害怕地躲在孫少璿身後，小小聲開口：

「屍、屍體會、會走嗎……好可怕啊……」

孫子衡回頭望著蘇鐵笑道，語氣是十足的敬佩。

「別怕，那可是個了不起的工作，打仗的時候，都得靠趕屍人把弟兄們的屍身送回家的。」

「可是，那麼多的死人在路上走耶……」蘇鐵想到就覺得恐怖，這麼一說就覺得身後冷颼颼的，尤其段語月不曉得為何朝他們身後瞧，他更害怕地朝後望去發起抖來。

段不離按著段語月的肩低聲開口：「別看了，嚇著孩子了。」

段語月也有發覺自己嚇到蘇鐵，只吐吐舌頭回過身來望向湖面。

而陸不歸搖起鈴在湖邊喃喃唸著什麼，好半晌鈴聲剎然靜止，他伸手朝湖面上的屍首一指，大喝了聲：「起！」

湖面上的屍首就這麼直挺挺地站了起來，原本江為掉下去的地方就不深，水大約到他腰間。

陸不歸就這麼指著他，慢慢朝後退了一步，江為也朝前一步，就這麼一步一步無形拉扯著，讓江為走上岸來。

但可能是水底濕滑，江為只跳了一、兩步就又倒了下來，陸不歸又搖著鈴，再大喝了聲：「起！」

江為又站了起來，這回小跳了幾步，泛青的臉色在月光下顯得陰惻惻的，湖水直從他臉上滴落，看來十分恐怖。湖岸上眾人都屏著氣，膽子小的都發著抖。

就在湖水到江為小腿邊的時候，他突然像是摔倒般地直挺挺趴了下去，像是什麼扯著他腿似地把他直扯進湖裡，速度快得又讓他幾乎要埋進湖裡。

陸不歸皺起眉來，抬腳在泥地上迅速劃了個符字，整個人跳了起來，落地的時候單腳用力踩在那個符字上，大喝著：「止！」

江為瞬間像是被扯住似地停在湖面上，屍首前後顫動著，就像是前後兩股力量在拉扯一般。

湖面上的人都嚇得倒退好幾步，江老爺也站不住地坐倒在地上。

而陸不歸只是撐在那裡，額上都冒出汗來。

段語月只皺了皺眉，突然間側頭望向孫少璿，露出個溫和的笑容。

「孫公子朝三喜鎮走，可是在找地方借宿？」

孫少璿愣了一下，他正看得嘖嘖稱奇，一邊拍著緊緊抱著他腿的蘇鐵，不太確定在這種緊張的時候，段語月這麼問的用意是什麼？

但他只怔了怔就回答道：「是，我們在前個鎮錯過旅店，路上有人指點說進了三喜

鎮可以到喜樂莊借宿，所以就連夜趕路了。」

段語月像是就在等他這麼說似地回答道：「喜樂莊正是寒舍。」

孫少瓚又愣了一下，不太確定段語月所言，但又有些好奇，於是順著他的話，客氣問道：「那不曉得段公子可願意借宿給我們兄弟三人？」

段語月笑道：「如果孫公子肯賜個字給我，借宿絕沒有問題。」

「賜字？」孫少瓚疑惑地望著他，而段不離卻早喚人去拿了紙和筆來，一個男人捧著個木盒鋪著張紙，甚至磨好了墨。

「是，請孫公子賜我個『放』字。」段語月溫和說道。

孫少瓚有點摸不著頭緒，一般來說他絕對會拒絕這種奇怪的事，但段語月那雙過於清澈明亮的眼眸，卻看不出一絲惡意，於是只猶豫了會兒便回問：

「就寫個字？」

「是，就寫個『放』字。」段語月說著，神情認真而堅定。

孫少瓚遲疑半晌，想想也不過就是個字，於是接過了筆，在那張紙上寫了個「放」字。

「謝公子賜字。」段語月臉上的感謝很真誠。

孫少璿放下了筆，只見段語月拿了那張他寫了字的紙走向湖邊。還沒走近陸不歸，段不離就制止他。

「我來。」

段語月也沒有猶豫，把手上的字交給他：「小心點，別沾水了。」

「知道。」

段不離接過字，雙足輕點就像飄起來似的，兩、三下就飄到湖面上，足尖只輕點在江為露在湖面上的肩頭，一個翻身將那個字按在江為後頸上，再借他的肩一點，雙足連一滴水都沒沾地飄回湖岸，一個起落已經翻回段語月身邊。

「好功夫！」孫子衡忍不住讚道。

這時陸不歸突然間像是放鬆了身體，喘了一大口氣，讓屍體直埋進湖裡。江老爺一急又哭了起來，身邊的家丁忙安慰他。

但只見陸不歸喘了幾口氣，又搖起鈴來，像是從頭再來一次，嘴裡喃喃唸著咒，腳上踩著步子，鈴聲剎止的時候一個轉身大喝：「起！」

江為馬上又從湖面上站了起來，陸不歸一步一步帶著他往湖面上走，這回沒有那股奇異的拉力跟他搶人，大約一炷香的時間，終於讓江為出了湖。

陸不歸鬆了一大口氣，坐在地上喘著：「老了、老了。」

段語月笑著走過去安慰他：「不老，燒雞跟酒等著您呢。」

「對！我的雞！」陸不歸一下子跳了起來，江老爺顫顫巍巍走過來問道：「先生，接下來是……」

「人都給你撈上來了，帶回去不就好了，記得捆好點。」陸不歸翻了翻白眼，沒好氣地說道。

江家的家丁們一聽，連忙去把江為抬上木板，還用繩子緊緊地捆了好幾圈，才把屍首抬了回去。

陸不歸見屍首抬走了，也伸伸懶腰想走。這一轉頭像是才望見孫少璿，上上下下看了半天又朝天上望了眼，喃喃自語般說：「我說今兒個星相這麼怪哪……」

段語月又提醒了他一聲：「陸先生，快回去吧，那雞快煨爛了。」

「唉呀我的雞！」陸不歸又跳了起來，轉身飛也似地跑了，惹得段語月好笑。

段不離望向孫少璿他們三人，開口道：「幾位要是不擔心晦氣，想留宿也無不可，但喜樂莊有規矩，生客只留一夜，隔日還請公子們找客棧去。」

「晦氣？」孫少璿有些疑惑。

段語月正想回答，就見江老爺氣喘吁吁地讓個家丁扶著走過來。

「月少爺，勞煩您一夜了，轎子備好了，您要不要先回……」

江老爺方才一心只注意著湖面上的愛子，現在話說到一半才發現這裡有三個生人，心裡有些疑惑。但又看孫家兄弟衣著華美一身貴氣，於是客氣地說著：

「這麼深的夜了，怎麼還有過路人嗎？」

「這位是孫公子，錯過了旅店，想上喜樂莊過一夜。」段語月笑著回答。

「喜樂莊怎麼能住人啊！」江老爺大驚開口，被段不離冷冷瞪了一眼趕緊改口：

「我是說，怎麼能住外人……」

江老爺擦擦汗，有些尷尬地開口：

「三位是找不著旅店了嗎？……這會兒我家裡頭也不方便……」

看江老爺倒真的有些替他們煩惱的模樣，孫少璿望向段語月，像是想要個解釋。

段語月帶著些抱歉的神情，語氣溫和地回答：

「不瞞孫公子，我段家的喜樂莊是義莊，留宿的都是些手藝人，一般人希望留宿我們也不拒客，但生客只留一宿是家父的規矩。方才已跟公子討了字，必是要留公子一夜的，但如果公子擔心晦氣，我可以為公子們另找個居所。」

蘇鐵歪著腦袋一臉疑惑地扯了扯孫子衡的袖子，小小聲地開口：

「七爺，什麼是義莊啊？」

「呃……就是行義舉的莊家。」孫子衡乾笑著摸摸他的腦袋，望向孫少璿。

孫少璿倒覺得有趣，笑著開口：

「我這輩子還沒住過義莊，如果段公子不介意，那就打擾一宿了。」

孫子衡皺了皺眉頭，像是想說些什麼，卻也沒有說出口，就順著孫少璿的安排。

「月少爺，天都快亮了，先回去歇息吧。」

江老爺見他們也不避諱這些，就也隨他們去。只是見蘇鐵年紀還小，身上的衣料也甚好，以為是嬌貴的小少爺，又回頭吩咐家丁：

「牽兩匹馬來，再備頂轎子來給這位小公子。」

蘇鐵連忙揮手：「這位老爺不用費心，我是下人而已。」

江老爺愣了一下，孫子衡在蘇鐵頭上敲了一記，好笑地罵他：

「又說自己是下人，講多少次了你是我兄弟。」

蘇鐵摸摸頭，有些不好意思地笑了笑。江老爺倒也沒多問，只急著想回去看顧兒子的屍身，催著下人辦事去了。

段不離朝孫子衡望了眼，見他似乎很疼愛蘇鐵，微勾起嘴角似是在笑。隨後伸手扶著段語月說：

「少爺，先回去吧。」

「嗯。」段語月讓江老爺安排著回家去，忍不住又望向孫少璿身後。

「別看了，肯定跟回家的，要看回家再看。」段不離沒好氣地扶著段語月上轎。

「總難得見著那麼漂亮的姑娘嘛。」段語月笑著小聲回答。

「哪有什麼漂亮的，要看漂亮姑娘不會看大小姐去？」段不離好笑地拉起轎簾。

段語月怔了一下才會意過來，隔著小窗瞪了段不離一眼。

段不離只是淺淺笑著，跟著轎夫踏著月光，慢慢走回喜樂莊。

回莊之後，段不離安頓好眾人，天也快亮了，想今夜大概是不用睡，只把段語月塞進被子裡不准他再起床之後，就準備到廚房生火揉麵。

才一走出房間，替段語月關上房門，就感覺到一陣冰涼涼的霧氣繞了過來。

段不離皺起眉頭，沒有理會地直走向廚房，進了廚房彎身在灶邊拿起燒火棍又走出來，右手抓著燒火棍打在左手掌上，冷冷地在無人的院裡開口：

「有話快說。」

方才緊跟著他的霧氣，化成一個相貌奇特的少年站在院中，一雙眼睛比銅鈴還大，眼珠又黑又亮，一張扁嘴直咧到耳邊，活像隻魚。

「大爺，我們主人請二爺過去喝杯茶。」那隻「魚」賠笑著朝段不離開口。

「他已經睡了，跟你們主人說改天再另行拜訪。」段不離面無表情地回答。

「請大爺問問二爺，主人等著心焦，想問問二爺……」

話沒說完，段不離就沒好氣地打斷他：

「每回問的不都一樣，祂在湖底待幾百年了，再待個幾天也一樣。我們答應祂的事，我們就會做到，現在只能讓祂等。」

那魚似乎還有些困擾，又哀求著：「請二爺去見一面吧，不然我家主人會責罰我的。」

段不離挑起眉來，冷冷說道：「你有兩個選擇，第一、乖乖回去給你家主人罰；二、先讓我打一頓，再回去給你主人責罰。」

「大爺……」那魚還想哀求，段不離臉色一冷，手上的燒火棍一舉，嚇得他又化成霧氣，迅速消散了。

「欠打。」段不離罵著，走進廚房放下燒火棍，洗淨了手開始揉麵。

他自十二歲來到段家之後，就與段語月形影不離，大多數時候段語月想什麼他都知道，這不只是相知，而是一種心靈相通。

他跟段語月的距離最多就是這一個莊的範圍，最遠不過是大廳到廚房。

段語月離他多遠他都知道，他總是能感覺到他的情緒或者想法，不管是傷心難過或

是開心歡喜，他都知道。

剛開始他也覺得這很奇妙，一起十多年之後，他已經習慣了兩個人就像一個人的感覺。

也習慣了那些段語月看見的、感覺到的東西，於是他現在放下正在使勁揉的麵團嘆了口氣。

今晚的麻煩客人不只一個，段不離洗了手走回段語月的院子裡，緊閉的房門口站著一個姑娘。

在湖邊他其實也看見了，那確實是個極美的姑娘，雪白的肌膚、小巧的臉蛋，纖細的柳眉下一雙水靈靈的大眼睛，而她側頭瞧見段不離正盯著自己看，神色訝異地退了一步。

她穿著湖綠色的衣裳，上頭繡的牡丹花樣攙著金線，身上罩的雪白水紗在月光下閃閃發光，是極好的料子，挽起的髮上一支玉雕芙蓉釵，流轉的碧綠色澤看得出是上好的美玉。

段不離擰起了眉，這姑娘絕對不只是普通的千金小姐，恐怕是王公貴族，指不定是個公主還是女官，這表示事情更麻煩了點。

那姑娘見段不離打量著她，倒也沒怎麼害怕，身子微微一福，姿態優雅大方，半垂的眼睫和帶些憂慮的神態看來楚楚可憐。

「姑娘有什麼事嗎？」段不離站在段語月房門口，平靜而冷淡地開口。

那姑娘輕咬著下唇猶豫了會兒才細聲詢問：「可否讓我見見那位公子？」

「天都快亮了，姑娘請回吧。」段不離冷漠地回答。

「凝香有幸，白晝也得以現身，只求與公子見一面。」

自稱凝香的姑娘輕拉裙襬就要跪下，段不離冷著臉朝她靠近了一步。

「我們受不起這種大禮，也幫不上妳的忙。」

凝香遲疑了會兒，倒也沒真的跪下，仍然低著頭，雙手緊絞著裙襬，眼淚就這麼掉了下來。

她也沒大哭大鬧，僅僅安靜地落著淚，朝段不離再一福，便轉身要離開。

「姑娘請留步。」從緊閉的房門裡傳出段語月溫柔的嗓音，輕喚了聲：「不離。」

段不離嘆口氣，回身開門進房，見段語月坐在床上，有些責怪地望著他。

「人家姑娘趁夜拜訪，你居然趕人家走。」

「什麼姑娘？不知道死多久了。」段不離抱起手臂瞪他：「我才剛趕走那條死魚，這邊又有女鬼來，你剛剛怎麼答應我的？你如果睡著了哪會有人趁夜拜訪。」

「你只說不准下床，我可沒下去。」段語月扁著嘴小小聲地反駁。

段不離翻了翻白眼，段語月好聲好氣開口：

「讓我跟她說幾句話就好了，稍後一定躺下就睡。」

段不離拿他沒辦法：「老答應一些麻煩事，之後看你要躺上多久。」

「不礙事的，我現在就覺得精神很好，也不燒了。」段語月笑著說。

段不離摸了下他的臉，倒真的熱度不怎麼高，只無奈地給他穿鞋，拿出外袍將他裹得密密實實的，才讓他出房門。心裡決心趕明兒個一定要把這些客人連同這個搞不清楚是哪兒來的姑娘給趕出喜樂莊去。

第二回　一縷幽魂

蘇鐵是被一陣香味喚醒的，他揉揉眼睛爬起來，伸了個懶腰發呆了一小陣子才爬下床。

孫子衡早就已經醒來，正盤坐著調息練功，蘇鐵換了衣服開口問：

「七爺，要我給你打水嗎？」

「我自己來就好，你去看看段管事那兒有沒有什麼幫得上忙的，讓少璿再睡一會兒。」

孫子衡閉著眼睛，連動都沒有動一下地吩咐著。

「是。」蘇鐵乖巧地應了，輕聲帶上房門離開，跑到孫少璿房門前探看了一下，確定少爺還在睡，就打了水梳洗一下，才循著香氣跑到廚房去。

廚房裡只有段不離一個人，身手俐落地在裡邊忙活，右手拿著大杓在鍋裡攪著粥，左手拉開大蒸籠蓋反手一扔就掛到了牆上。蘇鐵張大嘴正想讚嘆一下，一股帶著麵皮香的熱氣迎面而來，蘇鐵的肚子馬上不爭氣地叫了起來。

蘇鐵趕忙壓著肚子，抬頭一個白白圓圓的東西朝自己飛了過來，他嚇了一跳伸手就去抓，被燙得叫了一聲，發現是個白白軟軟的肉包子。

「哇！燙！唉啊！不要掉了！」蘇鐵驚叫了好幾聲，失手把那個包子給扔了又快手接了回來。復又覺得燙，把那包子在手上扔了好幾下才拿穩。

段不離忍不住笑出聲，蘇鐵不好意思地低下頭：「段哥哥早。」

「早。」段不離看起來心情不錯，也道了聲早，又回身繼續攪他的粥。

「段哥哥，這包子……」蘇鐵猶豫了一下，走近他身邊把那顆包子舉起來給他。

段不離頭也不回地開口：「不是餓了？」

蘇鐵連忙搖搖頭：「下人怎麼好在少爺用膳之前吃東西。」

段不離好笑地望了他一眼：「段家的規矩，下人吃飽了少爺才能吃，你既然在我段家住，是不是照我們的規矩來？」

蘇鐵愣了一下，歪著頭有點疑惑：「還有這種規矩啊？」

「是啊，吃不吃？不吃你少爺就沒飯吃。」

段不離拿著杓子指著他，一臉凶狠，嚇得蘇鐵連忙一口咬下去。只覺得包子外皮鬆軟香甜，裡邊滲滿了肉汁，肉餡兒油滑香嫩，忍不住又多咬了一口。

「好好吃啊！」蘇鐵沒吃過這麼好吃的包子，巴不得再多咬兩口。

「慢慢吃，包子多得是。」段不離把蒸籠裡的包子拿下來放進竹簍裡，再把生包子一個個排進蒸籠裡頭蒸。

蘇鐵數一數那起碼有百來個包子，把手中的包子兩三口吞進肚子裡，連忙走過去幫忙。

「段哥哥，這包子要拿去賣的嗎？」

「我們家大小姐在城裡有間醫館，這是要送去給醫館的人當早膳的。」

段不離回答，低頭看蘇鐵手腳還挺俐落的，就教他站在鍋前幫忙攪粥。

蘇鐵拿著那支快跟他差不多高的杓子，正在驚訝這鍋怎麼這麼大，這粥怎麼那麼香的時候，就聽見段不離開口：

「小心點，摔進鍋裡就連你一塊兒燉了。」

蘇鐵縮了縮頸子，專心幫忙攪粥，一邊吸著鍋裡的香氣。

段不離一邊忙著，不時塞點東西到蘇鐵嘴裡給他「試味道」，還沒用膳蘇鐵已經覺得不餓了。

蘇鐵抬頭看看這間廚房還挺大，卻只有段不離一個人在忙，肯定很早就爬起來工作了，想想自己睡到那麼晚才起來，簡直是被寵壞的孩子，一轉頭見段不離在看他，又不好意思地笑了起來。

「段哥哥你一個人做好多事喔，我是個懶鬼，七爺都起來打坐了我還沒醒。」

段不離看他笑得傻傻的覺得很可愛。

「你們家少爺不在意就好了。」

「可是下人要有下人的本分呀。」蘇鐵一本正經地說。

「你們七爺不是說了你不是下人？」段不離好笑地說：「一會兒我讓他再敲你幾下好了。」

「唉呀不要，我不說了。」蘇鐵吐吐舌頭不敢再提下人兩個字。

又忙了一陣子，有個大嬸帶著幾個吱吱喳喳的丫頭們過來，幫著把熱包子和大鍋粥給搬了去。

幾個丫頭見廚房裡有個圓潤可愛的孩童，都圍上去捏一把摸一下的，把蘇鐵嚇得漲紅臉躲在段不離身後，段不離只好把丫頭們趕開了去。

大嬸走的時候塞給段不離一包藥，交代怎麼煮之後就走了，段不離馬上拆了藥包開始煮藥。

「段哥哥，是公子身子不好嗎？該不會是昨夜吹了冷風的關係。」蘇鐵見大姊姊們走了，才摸著臉跑出來，有些不安地問。

「他身子本來就不好，到了夏天才會好些。」段不離盯著藥爐：「幫我把包子和粥上桌就沒事了，去請你們少爺可以準備開飯了。」

「嗯！」蘇鐵開開心心捧起包子，才突然想起來開口問道：「段哥哥，桌在哪兒呀？」

段不離本要指向後廳，但一想又覺得不對，後廳旁邊小門出去就是停屍房，這孩子看到肯定嚇壞。

「今兒個不算冷，你們院裡有張石桌，就在那兒吃吧。」

「是。」蘇鐵應著，把早膳全搬過去，見段不離還在熬藥，跑過去蹲在他身邊。

「段哥哥我幫你吧，我很會熬藥的，你可以去照顧你家少爺。」

「不妨事，你去伺候你家少爺用膳吧，我們家公子一會兒就過去了。」段不離朝他笑笑，蘇鐵猶豫了會兒才點點頭，起身跑去找他家少爺。

段不離熬好了藥，把藥罐放在灶邊溫著，出去到井邊打了水端到段語月房裡。

「該起床了，一屋子客人哪。」段不離見段語月還蒙在被子裡，好笑地把水盆放在桌上，去拉他的被子。

「……我頭疼。」段語月埋在被子裡含糊地開口。

段不離以為他又燒起來了，伸手摸進被子裡探探他的體溫，還算正常，想他只是耍賴不想起床，語氣悠閒地開口：

「那你接著睡吧，客人用完膳我就趕出去了。」

「別啊……那是多難得的貴人，別趕……」

段語月在被子裡掙扎了一下，大概是想爬起來又不想。

「那就起來見客，我熬了粥，還做了包子。」段不離好笑地扯了下被子。「不吃我就全送大小姐那兒了。」

「……肉餡兒的？」段語月探出小半顆頭望著他，平時清澈的雙眸半睜著一片矇

曨。

「嗯，還做了幾個豆沙餡的下午給你當點心。」段不離起身幫他揉了條手巾。「吃不吃？」

「吃。」段語月一番掙扎，好不容易從被窩裡爬起來，沒堅持一會兒又躺了下去。

段不離扶著讓他坐起，給他擦臉一邊還唸著：

「誰叫你半夜硬要出門，弄了一屋子人回來就算了，後頭閒人又不肯趕走，還跟漂亮姑娘夜會到天發白。」

「……我起來了，別唸了，活像個老媽子。」

段語月被他唸得頭昏，只好乖乖地下床。

段不離笑著幫他換衣服。

「大小姐讓王嬸給你送藥來了，放在灶邊熱著，一會兒用完膳再喝。」

「知道了，老媽子。」段語月扁著嘴讓段不離替他繫腰帶再拉到鏡檯前梳頭。

段不離總是細心地不扯到他髮絲，小心翼翼為他紮頭髮。有時候也覺得他這樣一個能有大好前程的男人，卻只能委屈地留在這裡當老媽子伺候他。

「等爹這次回來，也許就會有法子了。」段語月輕聲開口。

段不離站在他身後，朝銅鏡裡瞧了一眼笑著說：

「有法子又怎樣？有法子我就不是你段家人了？」

「誰說的，你死都是我段家的人。」段語月撇著嘴角說：「只要爹找到法子可以讓我們分開，你就可以行走江湖雲遊四海了，多自由。」

「我說過在這裡不自由嗎？」段不離放下了髮梳，幫他整整衣領。「我的少爺，你還不如把身子養好點，等我『自由』了好跟我去雲遊四海，別走不到半里路就倒了。」

段語月瞪了他一眼：「跟你說正經的，老說這些胡話。」

「這可不是胡話，是真心話。」

段不離笑著，蹲下給他穿鞋，抬頭望著段語月的臉，神情溫柔地開口：

「把身子養好，要是老爺真找到法子分開我們，我就帶你去雲遊四海，看看苗地什麼模樣，看看皇城有多大，你想看什麼我們就看什麼。要是老爺還是無功而返，我們就一輩子待在這三喜鎮上喜樂莊裡，對我來說也沒什麼不同。」

段語月只是輕嘆口氣：「礙了你的前程。」

「我要前程來做啥？能吃嗎？」段不離說笑著，把段語月給拉起來推出門外。「真覺得礙著我了，快把那些閒人趕走，我少操點心。」

「那可是常人想見都見不著的貴人！」段語月氣惱地說：「指不定將來能帶你去關外打番人。」

「我沒事打番人幹什麼？別人家都巴不得把兄弟藏起來不讓從軍，就你急著要給我收屍？記得讓陸不歸收便宜點。」段不離笑著開口。

「又說胡話。」段語月氣得不想理會他，段不離也不再逗弄，領著段語月走到待客用的院子裡。

孫家兄弟看起來似乎是在等他們，還沒有開始用膳。

「怎麼好叫孫公子等我。」段語月有些抱歉地過來入座。段不離收起了笑，給段語月備碗筷。

「別這麼說，我們是客，哪有不等主人的道理？」孫少璿客氣回道。

「就都別客氣了，請用膳吧。」段不離怕他們客氣來客氣去個沒完，開口說著。

孫子衡倒也餓了，伸手拿了個肉包子起來就啃，讓孫少璿本來想再客氣幾句都沒辦法，沒好氣地斜了他一眼。孫子衡只裝作沒看見，倒是那包子一口咬下去讓他驚訝不已。

「原來肉包子也能這麼好吃啊！」

「是吧！」蘇鐵大概等這句話等很久，馬上漾起一臉笑搭腔：「我連在……老家都沒吃過那麼好吃的呢！」

段不離大概是注意到他那一停頓，望了蘇鐵一眼，邊給他少爺舀粥。

孫少璿也很驚訝，他不是沒吃過肉包子，只是不知道原來肉包子也能這麼好吃。

「我也沒吃過這麼好吃的包子。」

「全都是段哥哥做的呢！」蘇鐵像是現寶似的，開心說著。

段不離被他惹得又笑了起來：「等下賞你個豆沙餡兒的。」

「還有豆沙餡兒的啊！」蘇鐵看起來更開心了，而段不離一笑，那張冷淡的臉瞬間溫和了起來。

段語月實在少見他在除了自己以外的人面前笑，也忍不住跟著開心起來。

孫子衡對段不離很好奇，他方才見蘇鐵在廚房裡玩得挺開心，就出去外頭晃了幾圈，順道打聽一下喜樂莊。

喜樂莊在附近的風評非常好，說起段家姊弟都是滿口稱讚，說起段不離更是恨不得能搶回家做女婿的模樣。只是每個人最後都會加一句，可惜他不能離開段語月。

孫子衡好奇問了下，才知道段語月似乎是生了什麼怪病，段不離不在身邊就像丟魂似地什麼都沒反應。

當然那些人說的是他掉了魂兒，不知道段家老爺用了什麼法子綁在段不離身上，這才讓段語月跟正常人一樣。

這種說法孫子衡並不相信，他想大約是段語月生了病，所以段不離寸步不離照顧他，偏偏碎嘴給他聽的那些大嬸個個說得好像親眼看過一樣。他在街上多打聽了幾個人，得到的答案都差不多。

這要是真的，他還頗為段不離這樣的大好男兒感到可惜。

從昨晚段不離露的那一手就看得出來他一身好功夫，雖然對待段語月的態度不太像個管事，但確實十分盡心。表面上不冷不熱，可看他如何對待蘇鐵就能判定至少是個能交的朋友。

孫子衡還在暗暗惋惜的時候，段不離突然抬頭望了他一眼，孫子衡也大方地朝他笑了笑。

段不離反而愣了一下，倒也沒表示什麼，只忙著繼續多塞點東西給段語月吃。

孫少璿也對段不離有點好奇，看段語月對待段不離的方式肯定不只是管事而已，看起來比較像兄弟。

「段管事不坐下一起用膳？」

蘇鐵馬上搶著回答：

「少爺，段哥哥吃過了，段家的規矩，下人吃了少爺才能吃。」

孫少璿愣了一下，段不離低頭忍著笑，段語月無奈抬頭瞪了段不離一眼，才帶著笑望著蘇鐵說：

「小鐵，別聽他胡扯了，段家沒有下人。」

「咦？」蘇鐵疑惑地望著段不離，馬上又覺得自己很失禮，這樣一看不就把人家當下人看？又歪著頭望向孫少璿一臉疑惑。

「你這孩子真是。」孫少璿輕拍蘇鐵的頭：「盡說些失禮的話。」

蘇鐵縮了縮頸子，一臉的無辜樣。

「不怪他，是我見他餓了，哄他吃東西才騙他的。」段不離語氣溫和地開口。

「讓段管事見笑了。」孫少璿笑著回答，目光瞥向段語月，發覺他又望著自己右邊身後不曉得在看些什麼。

「少爺，藥要涼了。」

段不離大約是注意到孫少璿的目光，輕扯了下段語月的袖子。

段語月趕忙把藥拿起來喝，孫少璿實在是忍不住好奇，開口問：

「段公子，你從昨夜起就一直朝著我身後看是為什麼呢？」

段語月藥喝了一半放下碗，正想開口，段不離馬上遞過水讓他清口，又塞了顆蜜棗給他，一時之間還真沒辦法回答。

段不離不冷不熱地開口：「少爺，吞下去再說話。」

段語月差點噎著，好不容易把嘴裡的東西吞下去，朝孫少璿不太好意思地笑笑。

「讓孫少爺見笑了，我少見那麼漂亮的姑娘，所以多看了幾眼。」

孫少璿愣了一下，還回頭看了下身後，才疑惑地望向段語月：「什麼姑娘？」

段語月又朝他身後看看，然後笑著開口：「一個叫做凝香的姑娘。」

這話一出口，孫少璿的臉色瞬間刷白，孫子衡的目光凌厲地望著段語月，手已經摸到腰間的劍上，而鏘地一聲，蘇鐵手上的碗整個摔落到地上去。

段不離只是朝段語月身前移了下，攔在他跟孫子衡中間，然後神色平常、語氣冷淡地開口：

「讓你別多話你就是不聽，人家劍都要拔出來了。」

段語月也是一臉無辜，朝孫子衡溫和地笑：「七爺，我沒有惡意的。」

孫子衡只是站了起來，一臉不信地望向段語月，語氣嚴厲道：

「你從哪裡聽來這事的？」

「凝香姑娘告訴我的。」

段語月笑得從容，也沒在意孫子衡像是要殺人的目光，平和地望向孫少璿。

「真的挺漂亮的姑娘，右眼下有顆痣，挽起的長髮上只別了支芙蓉花的玉釵，湖綠色的衣裳、雪白的紗衣，手腕上有好幾個細金鐲……」

話沒說完，孫少瑢突然站了起來，呼吸有些急促。

「誰派你來的？」

段語月有些無奈，又朝他身後望了一下。

「她說她從赫瑤來，十五歲初進宮裡，那夜怎麼也睡不著，偷跑出去在鏡湖邊起舞，你站在湖邊，讚她舞跳得好，嚇得她衝回房裡，隔天才在大殿上見著你。」

「這事誰都可能知道。」孫少瑢沒有猶豫地回答：「要我相信，說點別人不知道的。」

「少瑢，這不可能……」孫子衡忍不住伸手按住了他的肩，被孫少瑢一把拍開。

「說點只有我知道的！」孫少瑢焦急的語氣裡甚至帶了點期待。

「她說你帶著她自出生就戴著的香玉，那玉是……」

段語月停頓了會兒，像是有些猶豫，再開口的語氣溫柔又帶點哀傷。

「她說她最大的心願就是做個普通人，希望和你每日種田讀書，養兩個孩子、一頭牛、三隻雞，再加隻大白鵝，你做個農夫她做個農婦，和樂過完一生。」

孫少瑢沒有辦法形容他此刻的心情。

他記得的，他一輩子都記得。

他記得自己當時笑著，伸手撩起她一縷黑緞般的髮絲，問她為什麼是一頭牛，為什麼要三隻雞？孩子五、六個不好嗎？

她笑說兩個孩子作伴剛剛好，一頭牛可以耕地就行，三隻雞一天可以下三顆蛋，兩大兩小剛剛好夠吃，大白鵝胖墩墩的可愛，就養著玩兒，這樣日子多愉快啊。

他記得自己笑著說他可沒耕過田，她笑著說她見人耕過，她教他。

孫少璿的臉色從震驚慢慢轉成一種帶著絕望的哀傷，好一陣子才說得出話來：

「她……她一直跟著我嗎……」

「因為你帶著她的香玉。」段語月的神情也帶著哀傷：「她離不開。」

孫子衡看起來依舊不相信：「她給我寫過一封信，說說裡頭寫了什麼？」

段語月又朝孫少璿身後望了眼，停頓了會兒才回答：

「她說沒給你寫過信，只在殿下給你的信上加了一句『望將軍記得吃飯』。」

孫子衡是真的愣住了，這事除了孫少璿以外絕對沒人知道。他還記得在那封信末一行娟秀明媚的字體，似乎能想像到孫少璿所形容的，那個聰慧嬌柔的活潑姑娘是什麼模樣。

蘇鐵見孫子衡的臉色，知道這事沒得玩笑，有些害怕地朝孫子衡身邊挨去，小小聲的開口：「七爺……」

孫子衡伸手按在他肩上，也沒時間安撫他，望著段語月好半晌。突然間想起早上他出門打聽的時候，也不少人提起段語月能斷陰事，甚至有人說夜裡會有小鬼判官請他幫忙，如果有冤魂惡鬼，只要找段語月都能解決，他只當笑話聽。

但現在這可不是個笑話，孫子衡腦筋轉得很快，側頭望向孫少璿。

「少璿，這是個機會，請段公子把她送走，你也該放下她了。」

「不……」孫少璿直視著段語月，語氣懇切地說：「能讓我見她嗎？讓我見見她行嗎？」

段語月只是苦笑著搖頭：「人死不能復生，不是我不願意，而是我不能。說實話我段語月是死過一次的人，大概是在地府走過一遭的關係，能見他人不能視之物，但也僅止於此。」

孫少璿似乎是站立不住地坐了下來，心裡千頭萬緒不知道該說什麼，有千百句話想說卻又說不出來。

段不離從小到大看過多少人因為陰陽兩隔而傷心欲絕，卻從來沒有一個人像孫少璿這般哀慟，那種極為沉重的哀傷幾乎壓垮了這個人。

而孫子衡望向了段語月，語氣凝重地開口：「既然你沒辦法做任何事，為什麼還要說出來？」

「因為凝香姑娘有句話讓我帶給孫少爺。」段語月淡淡地開口。

「她要跟我說什麼？」孫少璿又抬起頭來，蒼白的臉上充滿了期望。

「她說她是自願的，她做的一切都是為了你，沒有人逼她，要你……」

段語月話沒說完，孫少璿臉色猙獰地打斷他：「不可能！她是被逼死的！」

段語月只是平靜地回答：「若是您不信的話，我說什麼不都一樣？」

「是我皇兄讓你跟我這麼說的？」孫少璿狠狠瞪著段語月，神情模樣像是隨時都會動手。

段不離站在原地不動，但目光緊盯著孫少璿。

段語月的神情還是很平靜，微帶無奈地望著孫少璿。

「沒有任何人指示我這麼做，我只是為凝香姑娘傳話而已，信不信由您，但希望孫少爺別辜負姑娘一番心意。」

孫少璿看起來更加忿怒，但藏在裡頭更多的卻是哀傷與絕望。他緊握拳頭怒視著段語月，像是在相信與不相信之間掙扎著。

「我可以殺了你的。」孫少璿神情陰冷地望著他。

「您當然可以。」段語月卻是笑了起來：「您可以殺了我，她還是會找下一個人救助，您或許可以再殺了下一個，然後呢？您想凝香姑娘害死多少人？」

「你！」孫少璿臉色遽變。孫子衡聽不下去，正要開口阻止他的時候，蘇鐵突然掙開了他按在肩上的手，衝到孫少璿面前跪了下來。

「您答應過我的。」

蘇鐵蒼白著一張臉蛋，伸手緊緊拉著孫少璿的衣襬，彷彿忍著不要哭出來。

「我們離開的時候，您答應過的，您說離開了京城，就表示那些事都過去了，您說您會放下的，您答應過的……」

蘇鐵微低下頭，眼淚終究掉了下來。他一隻手拉著孫少璿的衣服，一隻手緊緊按在腰間，像是那裡有著什麼重要的東西。

孫子衡連忙向前矮身去按住蘇鐵那隻手，深怕他把東西掏出來。

「你這孩子是幹什麼，少璿說答應就是答應了，難不成他還能反悔。」

孫子衡抬頭直視著孫少璿，凌厲的目光好似在提醒他什麼。

好一會兒孫少璿才閉了閉眼，深吸口氣，彎下身去把蘇鐵拉起來，抹了抹他臉上的眼淚，看起來無比的疲累，卻是朝他笑了笑。

「傻孩子，我答應過你的，我當然記得。」

蘇鐵吸了吸鼻子，抹著眼淚紅著眼眶，輕輕點頭。

孫少璿摸摸他的頭，好一會兒才又抬頭望著段語月，神色變得平靜許多。他深吸了口氣再緩了緩情緒才開口：「是我失禮了。」

段語月只是搖搖頭：「我不是故意提起諸位的傷心事，只是昨夜我不忍凝香姑娘的苦苦哀求才答應了為她傳話。」

孫少璿的神情仍然有些猶豫和掙扎，停頓了好一陣子才開口回答：

「我有些乏了，如果方便我想休息一下。」

段語月知道他想緩一下情緒，只輕輕點頭回答：「當然。」

孫少璿直視著段語月：「如果段公子方便的話，我們就再打擾一天，我知道令尊的規矩，但既然段公子答應了凝香的請求……我們也就不算生人了吧？」

段語月怔了怔抬頭望向段不離徵求他的同意，而段不離皺了皺眉頭，垂目瞪了段語月一眼，才不冷不熱地開口：

「既然孫少爺乏了，就請休息吧。」

「多謝段公子、段管事。」孫少璿淡淡地笑了笑，望向孫子衡。「帶小鐵去街上走走吧，給他買點有趣的玩意兒，別悶在屋子裡了。」

孫子衡蹙起雙眉沒回答，孫少璿摸摸蘇鐵的頭就回房裡去了。

「兩位還用膳嗎？」段不離語氣冷淡地開口。

孫子衡這才回過神來，把蘇鐵按在椅子上：「小鐵，再吃點？」

「……吃不下了。」蘇鐵低著頭，悄悄抬頭偷看了段不離一眼，又馬上低下頭，很難過的模樣。

「這樣一會兒就餓了，這包子這麼好吃，快多吃點，等下段管事生氣趕我們出去就沒得吃了。」

孫子衡知道蘇鐵是擔心段不離討厭他了，於是說笑著塞給他一個包子。

蘇鐵捧著包子彷彿認真在猶豫，段不離倒是轉身就走，不一會兒又走回來，拿過他手上那個包子，在蘇鐵愣著還沒回過神來之前，把另一個還熱著的包子塞到他手上。

「肉包子都冷了，我再去熱熱，你先吃這個。」段不離說著，把肉包子又端了起來。

蘇鐵怔怔望著手上的包子，一口咬下去，豆沙餡兒的，滿嘴綿密細軟和甜甜的香氣，讓蘇鐵的眼眶又紅了起來。

段語月笑著望了過去，被段不離瞪了一眼：「少爺，藥沒喝完。」

段語月連忙低頭喝藥，段不離才端著包子走向廚房。

孫子衡摸摸蘇鐵的頭，等段不離走遠了才又開口：

「你真看得見凝香在這兒？」

段語月只是淡淡的笑著，把藥喝完自己端了水喝：

「不在這兒了，這會兒跟進房裡去了。」

孫子衡望向孫少璿緊閉的房門，坐正了身子望向段語月，語氣嚴肅。

「你知道我是誰？」

段語月見他一臉認真，輕放下手上的碗，也認真地回答他：「鎮國大將軍，公孫恕華。」

「那你也知道少璿是誰？」

公孫恕華——也就是孫子衡，神情看起來更加的認真，放輕了聲調開口：

段語月點點頭，也輕聲開口：「太子殿下公孫璟。」

孫子衡皺起了眉，依然輕聲詢問：「是皇上派人……要你等著我們？」

段語月苦笑著搖頭，見孫子衡一臉不信，只無奈地開口：

「昨兒個夜裡帝星異常明亮，善觀星者都知道有貴人要來，我初時也不確定兩位的身分，只是用猜的，是見了凝香姑娘才確定的。」

孫子衡仍然有點猶豫，他覺得段語月並沒有說謊，但這事實在太難令人信服。

孫子衡想了半晌，又覺得人家好心收留，對待蘇鐵又這麼親切，他們的態度也太過失禮，最後只嘆了口氣：

「子衡與少璿是我們的表字，我們是拋棄了身分出來遊歷江湖，總得避人耳目，並非有意欺瞞，還請段公子見諒。」

孫子衡貴為鎮國大將軍，又是與先皇同母所出的六王爺之子，以他身分實在不需要為這種小事特意解釋。段語月明白這表示他有意交個朋友，於是笑著回答：

「我明白，請七爺不用在意。」

蘇鐵吃完了豆沙包子，想了想又拿了一個，抬頭望著孫子衡。

「我給少爺拿去吧，他也沒吃什麼。」

孫子衡笑著摸摸他的頭：「去吧。」

蘇鐵跳下了椅子，跑進孫少璿的房間。孫子衡注意他似乎也沒被趕出來，好半晌才輕嘆了口氣。

「凝香是自盡的。」孫子衡突然開口，語氣聽不出是詢問還是單純描述。

「我不知道。」段語月只搖搖頭：「凝香姑娘沒有提這些，她只說了殿下……孫少爺的身分，託我帶話，其餘的我沒問。」

孫子衡想段語月是個聰明人，這事知道太多恐怕惹上殺頭的下場，他又看了看孫少璿房間。

「如果段公子不介意，就多叨擾幾天了。」

段語月眨眨眼睛：「孫少爺說的不是再一天嗎？」

「我想一天可能不夠讓他想通的，況且……段公子應該也有所求吧？」

孫子衡望向段語月，他不是不信段語月單純只是幫忙，只是經過昨晚湖邊的事，他總覺得段語月留他們住下，應有些目的。

段語月笑了起來。

「那就請七爺多留幾天了，三喜鎮雖是個小鎮，但鎮上市集還挺熱鬧的。」

「那就恭敬不如從命了。」孫子衡也笑著，不管段語月是不是真的能見著凝香，只要孫少璿相信，而且能想通的話，不管留多久他都願意。

況且……這段不離做的菜，還真是比宮裡御廚好吃上幾倍。

「就衝著這包子，我想住上多久都沒問題的。」

孫子衡笑著，伸手拿了個豆沙包，愉快地咬了下去。

正午時刻，段不離燉了隻雞，炒了兩個辣菜讓段語月開胃。孫子衡聞香而來，身後黏著的是蘇鐵，睜著大大的眼睛躲在孫子衡身後看著。

大概是擔心上午的事讓段不離不高興了，也不敢像早上那樣隨便跑進廚房幫忙。

「段管事需要幫忙嗎？」孫子衡語氣溫和地開口。

段不離望了他一眼，覺得這人也有點奇怪，聽段語月說是威名遠播的大將軍，在關外只要番子聽見他的名字馬上聞風而逃，還以為會是很嚴肅霸氣的人，現在看起來就像個普通的江湖人，跟他們姊夫差不多性子。

「不敢勞煩七爺，我平時一個人做習慣了。」段不離客氣疏離地回答。

「我們人多，讓段管事多忙碌了，讓這孩子給你打打下手吧，小鐵很能幹的。」

孫子衡笑著，把蘇鐵推到身前去。段不離望了過去，見蘇鐵低頭用眼角餘光偷偷瞧他。

段不離望了他一眼：「那就幫我把那鍋雞端上桌吧。」

「嗯！」蘇鐵一聽段不離的吩咐，雖然語氣還是不冷不熱的，他仍舊馬上開心了起來，跑過去幫忙把砂鍋小心地捧起來，努力捧出廚房朝他們院裡走。

「還有什麼能讓我捧的，一塊兒幫忙？」孫子衡抱著手臂阻在門口。

段不離又客氣地拒絕了一次，但孫子衡還是黏在廚房裡東揀西看，最後段不離拿他沒辦法，把炒好的菜塞給他，讓他端到院裡去，孫子衡才一臉滿意地走了。

用膳的時候孫少璿倒也被孫子衡扯出房門，沒有人再去提凝香的事，孫子衡和段語月聊了幾句，也不知道是故意的還是真覺得有興趣，他一直找段不離說話。

段不離除了面對段語月的時候，平時就挺安靜的一個人，孫子衡問東問西的，他盡拿簡短的字句應付過去。蘇鐵忙著給孫少璿夾菜，一邊睜著圓圓的大眼睛滿臉緊張地直望著孫少璿。

到最後還是孫少璿自己受不了，側頭瞪他：「你再給我夾菜我就全塞你嘴裡。」

蘇鐵縮了一下，一臉委屈，孫子衡好笑地輕拍他的頭。

「看看你自己的碗，半天也沒吃上幾口，快點吃，少璿那麼大個人餓不死的。」

蘇鐵想說什麼，最後什麼也沒說地低頭吃飯。孫少璿給他夾了塊雞到碗裡，溫和地開口：「吃慢點，下午帶你去逛市集好嗎？」

「嗯。」蘇鐵點點頭，終於露出笑容，乖乖吃飯。

幾個人隨意聊上幾句，才剛吃完飯，就有人來拍門。段不離走出去一看是江家跟著少爺江為一塊兒長大的小管事江虎。

「段管事。」江虎的臉色看起來有些慌張。

「怎麼了？」段不離想大概又是屍體出了什麼問題。

「才正午就來打擾實在很抱歉，但我們少爺……又、又站起來了。」

阿虎小小聲地說：

「大白天的，怕出去會嚇著外頭人家，我先拿繩子捆住，但少爺的力氣變得好大，三個下人拉著才沒衝出去。不曉得月少爺有沒有空再走一趟，我們老爺是想自己來請的，但他那點毛病您也曉得，一急一累的就喘不過氣來，現下躺著了。」

阿虎打小就在江家長大，一直把江老爺當成親爹一樣看待，臉上帶著十足的擔憂。

「你等會兒。」段不離沒說什麼，讓阿虎等著就走回院裡去。

「少爺，江少爺又想出門了。」段不離無奈地望著段語月：「阿虎說先用繩子捆起來了。」

「哎呀，大白天的，要是跑出去就麻煩了。」段語月連忙站起來。

「坐著，我去給你拿外袍。」段不離翻了翻白眼叮囑了一句，段語月只好又坐了下來。

孫子衡記得「江少爺」是昨晚遇見的那個死人。

「段公子，昨夜那位陸先生呢？怎麼沒見人？」

「他跟隻貓似的，成天神出鬼沒，只有不離燒了雞還是開了酒罈才會冒出來。如果燒了雞開了酒還沒出現的話，肯定又跑遠了，三、五天會回來的。」段語月笑著說。

蘇鐵大概也想起那個「江少爺」是什麼，有些害怕又有些好奇地眨眨眼睛。

「那、那個……白天也會起來啊？」

「大概……是有什麼心事未了吧。」段語月也有些感嘆：「前年才娶了青梅竹馬為妻，江少夫人都六個月身孕了，夫妻感情好著呢。」

「會是放不下妻子？」一直很安靜的孫少璿開了口。

「很難說，江少夫人在家裡，他直要往外跑，肯定有什麼事吧。」段語月苦笑著。

「你常常得解決這種事？」孫子衡問。

「我沒那種本事，不離也不愛我管閒事。通常街坊鄰居都是找我爹，兩個月前他有事前往南海，等他回來也要個大半年的，我只能幫著看看。」

段語月也有些無奈，他爹出門之後，段不離關上大門本想封莊到他爹回來，讓那些手藝人都去其他的義莊；但陸不歸總要爬牆進來，被段不離打個幾次也沒學乖。最後段語月就叫他別封莊了，時節已經入春，天氣漸漸暖和起來，他的身子也好上許多，應該可以撐到他爹回來。

段不離拿著他的外袍來給他穿上，段語月正想讓他們三人自便的時候，孫子衡好奇地問：「我可以跟去看看嗎？我還算有點氣力，要是需要的話我可以幫上忙。」

「七爺想去的話，當然無妨……」段語月愣了一下，望向蘇鐵和孫少璿。

孫子衡知道他是擔心蘇鐵害怕，側頭望向孫少璿：「你帶小鐵去逛市集吧。」

孫少璿其實也有點好奇，想了想望向蘇鐵：「怕不怕？」

蘇鐵猶豫了一下，說怕當然是怕，不過孫子衡跟孫少璿都在的話，對他來說就沒什麼可怕的，於是大聲地說：「不怕！」

段不離覺得好笑，面無表情地開口：「別到時候嚇暈了。」

「才不會，我也見過死人的。」蘇鐵嘟著嘴說。

「段管事好像很喜歡小孩？」孫子衡見他只會跟蘇鐵主動搭話，有時候還會笑一笑，就多嘴問了一句。

段不離停頓了會兒才開口：「我以前也有個弟弟，跟小鐵一般大。」

蘇鐵畢竟是個孩子，沒聽懂他的意思，笑著開口問：「那我怎麼沒見著，去學堂了？」

「小鐵。」孫少璿趕忙按著他的肩讓他住口。

「對不住，我不該提的。」孫子衡覺得很抱歉，段不離只是搖搖頭，神情溫和地摸摸蘇鐵的頭。

蘇鐵想了一下才聽懂「以前也有」的意思是指現在沒了，情緒就有些低落起來。

段語月溫和地開口：「小鐵別在意，十多年前的事了。」

孫子衡知道那只是安慰他們的話，他知道失去親人的痛苦，就算再過十年也不會停止。

「別讓江少爺等了，走吧。」

段不離說著，走到門外跟阿虎說明了一下。阿虎見這麼多人要去，趕忙要人牽馬來，被孫子衡婉拒了。段語月讓蘇鐵隨他一起乘轎，段不離跟在轎旁走著，孫子衡和孫少璿像是散步似地走在後頭，幾個人一起前往江家。

第三回 湖底沉屍

江家開的是布莊，在三喜鎮上算是大戶人家。

江為年輕有為，從小就跟著江老爺學做生意，三年前江老爺把大部分的生意全交給他，江為也打理得好。江虎一向是跟著江為外出收帳的，只是這回因為前陣子布莊倉庫遭蟲蛀，江老爺將布匹整個清出來，把遭蛀的木頭換掉重建，讓江虎留下來幫忙監工，江為才會一個人上路，沒想到回程卻出了意外。

江老爺悔不當初，但也沒人說得準會發生這種意外。

轎子停下的時候，蘇鐵先跳下了轎子，幫著扶段語月下轎。

「月、月少爺……」江老爺喘著讓下人扶著走了出來，過門檻的時候腳絆了一下差點滾出來，讓段不離一把扶住了。

「江老爺，您還是裡頭休息吧。」段不離雖然覺得這事很麻煩，但江老爺也一把年紀了，白髮人送黑髮人讓他原本圓潤的身材瘦了好大一圈，多少帶些同情。

「麻、麻煩你們了，也不曉得這孩子到底是怎麼了。」江老爺喘著，氣急敗壞地說，讓段不離扶進去坐了下來。

「連死都沒辦法好好安生。」江老爺一把老淚縱橫：「我只想好好給他下葬而已啊。」

「江老爺您別急。」段語月溫和安慰著：「身子要注意，讓我姊姊看過沒有？」

江老爺搖搖頭，抹了抹眼淚：「老毛病而已，等阿為下葬了多休息兩天就好了。」

「這樣不行的。」段語月皺了皺眉，轉頭望向阿虎：「小虎哥，得空了快帶江老爺去我姊姊那裡給她看看。」

「是。」江虎連忙點頭。

江老爺注意到他昨夜見過的那兩位孫公子也來了，疑惑地朝段語月開口：

「孫公子來是？」

「孫公子說想幫個手。」段語月沒解釋太多，轉頭發現江為沒放在大廳裡了。「江少爺呢？」

「先捆在裡頭了。」江老爺嘆了口氣：「勞煩諸位了。」

「小虎哥帶我們去就行，您歇著吧。」段語月說著，江虎連忙帶著他們走進內堂。

江為被綁在後院的米倉裡。

一走進後院就見四個夥計滿臉緊張地站在門口，而門裡直傳來砰砰砰的撞門聲。

「不是讓你們綁著少爺嗎？」阿虎皺起眉走過去。

其中一個苦著臉說：

「綁不住啊虎哥，你看麻繩都斷了，只好先把少爺關裡頭了。」

那個夥計手上半截麻繩足足有吋粗，米倉的門是實心紅木，也被他撞得快要裂開。

段語月朝前走了一步：「把門打開。」

江虎猶豫了一下，見蘇鐵站在後面，擔心嚇著孩子。

「月少爺，要不要我先拿幾條繩子，先捆住少爺之後再來？」

段語月回頭看看蘇鐵，孫少璿雙手按著他的肩讓他站在身邊，而孫子衡站在他們倆身前，所以蘇鐵雖然一臉緊張，但看來也不十分害怕。

孫少璿知道段語月是擔心蘇鐵，朝他搖搖頭表示不要緊。段語月回過頭來，溫和地笑笑。

「不要緊的，把門打開。」

江虎見段不離也沒說話，只站在段語月身邊。大家都知道段語月說的話，只要段不離沒有意見就沒問題。

於是江虎走近門邊拉住了門栓，旁邊四個夥計有些害怕地都退開了去。

江虎再看看段語月，見他還是溫和笑著，於是把心一橫拉開門栓。

兩扇門砰地一聲被用力撞開，幸好江虎反應很快閃開了去，而江為馬上直挺挺地撲了出來，一張泛青的臉看起來陰森又詭異。

而門一開江為就直往站在大門口的段語月撲去，只見段不離不慌不忙朝前移了一步像是飄過去似的，伸手抓住江為的手臂，一側身轉到江為身後卡住他兩隻手臂朝後一拖，幾步就將江為拖回米倉裡。然後抬腿一拐將江為翻倒在地上，用膝蓋頂住他胸口，一手按著他的肩，一手卡著他的喉嚨，便把他牢牢按在地上。

孫子衡心裡暗暗叫好，段不離這身輕功不知道是跟哪位名師所學，那身法他似乎在哪兒見過，但一時之間也想不起來。

「段哥哥會飄呢。」蘇鐵黏著孫少璿小小聲地說。

孫少璿摸摸他的頭回著：「是有身好功夫。」

段語月在段不離把江為拖進米倉的時候就走了進去，低頭望著江為掙扎的模樣，直盯著他那雙混濁不清的眼睛，溫和而緩慢地開口喚著：

「江為。」

江為停頓了會兒又掙扎了起來，段語月在他身邊蹲了下來，直視著他的眼睛又喚了一聲：

「江為。」

江為這回停了下來，段語月伸手輕輕貼在他額上，慢慢把他圓睜的眼睛合上。

「要入土了，別讓你爹擔心。」

但段語月一離手，江為的眼睛馬上就猛地睜開來，又開始掙扎著，把在後頭偷看的蘇鐵嚇了一大跳，躲到孫少璿身後。

段語月皺了皺眉跟段不離對望了一眼之後側頭望向江虎。

「小虎哥，幫我拿件江老爺跟夫人還有少夫人平日常穿的舊衣裳來好嗎？」

「好的！我馬上去！」江虎馬上轉頭就跑。

「壓得住嗎？」段不離問。

「江為是個孝子又一家和睦，試看看了。」

段語月說著就要站起來，段不離忙抬起頭來喊著：「你慢點起……」話沒說完段語月就覺得一陣暈眩。孫少璿站得不遠，伸手去扶了他一把。

「段公子，不要緊吧？」

「沒事，老毛病了。」段語月笑著，臉色有些蒼白。

段不離瞪了他一眼，卻也沒說什麼。這時江虎又急急忙忙跑進來，把三件疊好的衣服交給了段語月。

「月少爺，這是我們老爺跟夫人還有少夫人平日最常穿的。」

段語月接過，走近來又想蹲下，被段不離喝止了。

「等一下。」

段語月只好站著不動，段不離側頭望向孫子衡：「七爺，能幫個手嗎？」

「當然。」孫子衡走近來蹲下。「按住他就好嗎？」

「主要得按住他喉頭。」段不離說著，跟孫子衡一對上目光就放了手，側身讓孫子衡來壓制住江為。

江為在跳起來之前就被孫子衡給按住了，孫子衡這也才發現原來不用點內勁是壓不住這具屍體的。

段不離接過段語月手上的衣服，單膝跪在江為身前，把那三件衣裳好好地放在他胸口，伸手按在上邊，低聲開口：「別讓你爹娘和妻子掛心。」

江為一下子又安靜了下來，像是想動又動不了般全身顫抖著。

段語月想了想又望向江虎。

「小虎哥，少夫人可曾為未出世的孩子親手縫過肚兜？」

「當然，少夫人繡工好，孩子的衣裳縫到三歲都夠穿了。」江虎人很機伶：「月少爺可是要我去拿件孩子的肚兜？」

「勞煩你了。」段語月笑著回答。

江虎馬上轉身又跑了去，不一會兒就拿了件肚兜回來，上頭繡著麒麟送子，繡工果真十分精美。

段語月拿著，望了段不離一眼，只見段不離很是無奈，伸手扶著他的手臂讓他蹲了下來。

段語月把那件肚兜放在那三件衣裳最上面，輕輕拍了拍。

「江為，你後繼有人，該放心了。」

江為原本抖動的身體慢慢安靜了下來，只是眼睛仍然死死地睜著。

段語月想想又朝江虎招招手，示意他過來跪下。

江虎馬上跪了下來，一想起他跟江為一塊兒長大的過往又紅了眼眶，喚了聲：「少爺！」

「江虎，你可願意在江家待一輩子，替江少爺盡孝？」段語月溫和地望著江虎。

「當然！我在江家長大的，老爺夫人就是我爹娘，少夫人就是我大姊，我一輩子都會侍奉他們的。」江虎抹了抹眼淚大聲承諾。

段語月又回頭對著江為開口：「江為，江虎往後會代你盡孝，替你侍奉父母，照顧你妻子如同親姊，你的孩子他待如親兒，你可以放心了。」

段語月說完，江為仍然沒有閉眼。

「少爺。」江虎哽咽說著：「你有什麼未完的心願你就告訴我吧，阿虎什麼都會幫你做的。」

江虎才說完，江為突然就張開了嘴，這回連孫子衡都嚇了一跳。但江為卻沒有再掙扎，只是抖著身子張著嘴像是想說什麼，但人死後舌頭當然也是僵硬的，就這樣張著嘴半天才從喉嚨裡發出個像是「呼」的音。

江虎以為在叫他，又抹抹淚，也不害怕地更靠近了些：「少爺您叫我？」

但江為只是「呼」還是「虎」了半天也沒成個句子來，好一陣子段不離才開口：

「該不會是『湖』吧？」

段不離這麼一說，江為就安靜了下來。段語月恍然大悟地說：

「你是不是有什麼東西掉在湖裡了？」

江為的身子也不抖了，段語月又伸手去蓋著他的眼睛。

「不管你掉了什麼，我會幫你找回來，你安心地走吧。」

段不離輕嘆了口氣，這回江為終於閉上了眼睛，安靜地就像從來沒有動過一樣。眾人都鬆了口氣，孫子衡試著放鬆了手，見他動也沒動一下，才安心地放手。

段不離伸手扶著段語月起身，他蹲在地上半天早就頭昏眼花了，靠在段不離身邊好一陣子才緩過來。

江虎跪在地上哭了好一會兒，給江為又磕了幾個頭才爬起來，抹著淚說：

「月少爺，勞煩您了，客房我早上才收拾過的，您要不要躺一下？」

「我沒事的，暈一會兒就好。」段語月的臉顯得有些蒼白，仍舊撐起笑容回答。

「那前廳坐一下吧，現下再乘轎晃回去會更不舒服的。」

江虎領著段語月一行人到前廳去坐下，讓人奉茶，又指揮著人去把江為抬回棺裡，一邊和江老爺說明剛剛的狀況。

江老爺又哭了起來，不住朝段語月道謝。

段語月溫言安慰了幾句，江虎給他上了杯參茶，喝了幾口熱茶，他的臉色終於稍有些血色。

江老爺抹了抹淚，又一臉擔憂望著段語月。

「月少爺，這三喜湖還撈得著東西嗎？掉下去的人都很難撈起來了，更何況是掉了東西。」

住在三喜鎮的人都曉得，不管是什麼東西落了湖，再貴重也找不回來的。

這湖像是會吃人似的，連人落湖都會直沉下去，有時候連屍體都浮不太起來，江為是甫失足摔落河裡就讓人看見了，趕緊叫人來撈，才留得全屍。

「這三喜湖出過很多意外嗎？怎麼不填了？」孫少璿覺得有些疑惑，那湖看起來汙濁也並不美麗，為什麼縣衙沒讓人填湖？

「誰敢填啊，不知道哪個皇帝還是太子的時候出巡，說什麼風景如畫，給這湖取了名兒叫三喜湖，連帶的我們這小鎮也才改為三喜鎮，哪個縣太爺有那個膽子填湖！」

江老爺氣急敗壞地說著。

孫少璿一愣，朝孫子衡望了一眼，孫子衡覺得好笑：「是哪個皇帝出巡啊？」

「這哪有人知道，從以前就這麼說的。」江老爺無奈地回答：「鎮裡人已經多次跟縣衙反應，連柳州知府那裡都有人遞過狀，可是知府大人就只是安撫一下，說這湖填不得，最後也就這麼不了了之，可憐我阿為還不到而立之年……」

江老爺說得悲從中來聲淚俱下，江虎連忙安慰著。

段語月側頭望向孫少璿，溫和有禮地開口：「孫少爺覺得，這湖填不填得了？」

孫少璿望向段語月那雙如星的眸子，終於笑了起來，這一天以來的鬱結消散了去。

「這可得讓我好好想想了。」

獨自坐在院中，孫少瑲安靜看著手裡的茶杯，清澈的茶水裡映著一抹明月。

他記得她曾用纖纖玉手小心翼翼拿著玉杯，笑說她正捧杯飲月。

孫少瑲閉上了眼睛，想著她的眼眉，想著她的笑。

他曾經以為自己擁有一切，他是一人之下萬人之上的東宮太子，他有什麼做不到？

但到最後他才發現自己的人生只是由一個巨大的謊言所組成的。

若他當時沒有愛上凝香，也許這個謊言不會被自己意外戳破，那他深愛的女人就還能活得安好，活得快樂……

「少爺……」

「嗯？」孫少瑲回過神來，見蘇鐵睜著圓圓亮亮的眼睛，手上捧著一盤冒著熱氣的茯苓糕。

「段哥哥剛剛做的。」

孫少璿笑著拿了一塊塞他嘴裡：「段家的規矩不是下人先吃嗎？」

蘇鐵努力嚥下去，笑著說：「小鐵不是下人。」

「終於學乖了？」孫少璿摸摸他的頭，也吃了塊綿綿軟軟入口即化的茯苓糕，讚嘆了聲：「將來要回去的話就把段不離拐回去好了。」

「少爺會想……回去啊？」蘇鐵眨眨眼睛。

孫少璿怔了一下，然後搖搖頭苦笑著，他也不曉得自己想不想回去。

不管發生了什麼事，當今皇上也就是他皇兄，對他確實沒二話可說地疼愛。他皇兄為了他還把駐守邊境的鎮國大將軍用密旨給召回來，只擔心他獨自一個人，而他堂堂東宮太子卻任性地說走就走。

但皇兄對他越好，他就越想逃離這一切。

他曾經天不怕地不怕，他常常想，這世上最令人恐懼的是什麼？

現在他明白了，那是失去了一切再站起來之後，又再度失去一切的感覺。

現下問他，是想活在謊言之中快樂過完一生，或是在明白了一切之後，在痛苦和悔恨當中過完一生，他會選擇哪一種。

他不知道，所以他走了，他只知道他不想活在痛苦和悔恨當中，卻也無法接受自己的人生是個謊言。

孫少璿只是自嘲地笑笑，伸手摸摸蘇鐵的頭。

蘇鐵見他笑了，以為他心情好轉，就開開心心分著點心吃。孫少璿看著這個孩子，有時候也會心疼他還不到十歲就跟著自己有家歸不得。

想著就伸手摸向他的腰，蘇鐵嚇得扔了盤子，按著腰間退後了好幾步。

孫少璿快手托住了盤子放在桌上，溫和地開口：「小鐵，把刀給我吧。」

蘇鐵只是微低著頭，然後用力搖頭。

孫少璿輕嘆了口氣：「我怕你傷到自己，那把刀很利的。」

「不會的。」蘇鐵抿起唇，只是個八歲的孩童有了一種近似堅決的神情。「我會收好的，放在我身上，跟放在少爺身上一樣，我會小心保管。」

「那……讓我看看就好？」孫少璿耐心哄著。

蘇鐵猶豫了會兒，終究是搖搖頭，輕聲開口：「少爺說過的……不如不見。」

孫少璿怔了怔然後笑了：「是嗎？我這麼說過嗎？」

蘇鐵只是輕點點頭沒有回話，低著頭沒看他。

他還記得這孩子臉上那種堅決的神情。

就在鏡湖邊，蘇鐵拿著那柄刀，紅著雙眼滿臉的堅決，利刃貼在頸上的力道，讓白嫩的頸子都滲出了血，而他從來沒那麼驚慌過。

他記得那孩子哭著、罵著，拿自己的性命威脅著，只為了他差點拿那柄刀刺進胸膛裡。

其實他不記得了，他不記得自己當時為什麼要那麼做，他只記得那孩子哭了，搶了他的刀架在頸上嚇壞了他。

只記得子衡打了他一頓，之後他像是清醒了。

問著唯一待在他身邊的兩個人要不要一起走，然後他們離開了京城，開始了流浪天下的生活。

才八歲的孩子為了他離了親人、離了故鄉，這孩子卻從來沒抱怨過。

孫少璿直望著蘇鐵，好一陣子才又伸手把那盤點心遞給他。

「好了，不搶你東西，還吃嗎？」

「嗯！」蘇鐵沒有猶豫地接過盤子，坐到孫少璿身邊。「少爺也吃。」

孫少璿笑著，又塞了個到他嘴裡：「你吃吧，我不餓。」

孫少璿見蘇鐵吃得香的模樣，又伸手摸摸他的頭：「想你娘嗎？」

蘇鐵點點頭，抹了抹嘴：「每天想啊，想過了就好。」

「真的？」孫少璿好笑地問。

「嗯。」蘇鐵用力點頭，睜著閃亮亮的大眼睛望著他：「我也想爹，也想妹妹，想爺爺奶奶，但想過就好。」

「怎麼不跟我說想回家？」孫少璿有些無奈。

「因為少爺不想回家啊。」蘇鐵理所當然回答著，停頓了會兒又抬起頭來望著他。

「少爺不想回家，小鐵就不回家。」

「傻孩子。」孫少璿像是嘆息般地說著。

「我才不傻，七爺說了我是英雄，我救了公孫王朝的。」蘇鐵挺起胸，滿是驕傲地端著盤子很有氣勢地說：「我去給少爺倒茶。」

看著邁開大步走出院子的蘇鐵，孫少璿笑到眼淚都快掉下來。

「孫少爺這麼開心？」

孫少瓅抬頭一看段語月從另一頭走了進來，心想應該是填湖的事了。

「在笑蘇鐵這傻孩子。」孫少瓅抹了抹眼角被逼出來的淚，好笑地回答。

「這孩子口氣還挺大，說救了公孫王朝呢。」

段語月笑著坐在他面前，段不離跟在身後，托了茶盤給他們泡茶。

「他是救了公孫王朝。」孫少瓅笑笑：「他救了我，這就夠了。」

「那真是個英雄。」段語月的語氣很溫柔。

孫少瓅也沒說什麼，接過段不離的茶喝了口，讚賞他連茶都能泡得這麼好喝。

孫少瓅放下杯子，望向段語月：「所以，你有求於我？」

「孫少爺指的是填湖之事？」段語月平靜地回答。

「你希望我填湖？」

「是，為了這三喜鎮上的居民。」

孫少瓅一笑：「你的意思是指，為了這黎民百姓，我本就該這麼做？」

「若是殿下願意，那是百姓之福。」段語月溫和地回答。

孫少璿挑起眉來，用手支著下顎，似笑非笑地開口：

「若知道我是誰，為何不跪下說話？」

段語月只是笑了起來：「若殿下希望我跪的話。」

孫少璿望著他半晌，又看看他身後面無表情的段不離，嘆了口氣。

「還是免了，等下欺負你，怕段管事把我兄弟三人扔進湖裡也沒人知道。」

「殿下說笑，有天大的膽子我們也不會這麼做。」段語月好笑地回答。

孫少璿望了段不離一眼，這其實不是說笑，他看得出來這人為了段語月怕是什麼都做得出，只笑笑地把話題扯回來。

「你該明白，這湖我當然能填，只是看我要不要。」

「當然。」段語月理解，他當然知道孫少璿想要什麼。「若有我能做之事，必當為殿下全力以赴。」

「我想見她。」孫少璿似乎就在等這句，毫不猶豫地開口。

段語月只是平靜回答：「殿下，我不是神仙，無法起死回生。」

「我不求她復生，是鬼也好，讓我見她一面。」孫少璿認真說道。

段語月像是有些無奈，猶豫再三開口：

「若我做不到，殿下就不願意為三喜鎮填湖了？」

孫少璿安靜了一會兒，像是在沉思。

確實，段語月要求的是為三喜鎮填湖，而不是為了他個人，這事原本就不干他的事，若是換了旁人根本就不會想蹚這渾水。

雖說段語月答應了那死去的江為尋到失物，但說實話人都死了，江家也不會真的奢望這個風吹就倒的青年去給他們下湖撈東西。若他不願意填湖，江家也沒法說什麼，至少江為已經能好好地下葬了。

孫少璿望著段語月好一陣子，最後輕嘆了口氣。

「我知道對段公子來說，這事不是為自己求的，我也沒什麼立場好拿這事當把柄，我確實願意填湖。」

段語月眼神一亮，還沒來得及開口，孫少璿又接著說：

「但段公子知道我是微服出宮，我原是不願意暴露行蹤，只要一被我皇兄發現，可能或明或暗的，這裡不出三個月就會擠滿我皇兄派來的人。且不說是為了保護或者監視……對三喜鎮來說也不一定是好事，更何況我是萬般不願被我皇兄找著的。」

「我明白，隱瞞行蹤的事，我們可從長計議。」段語月溫言說道。

「但……就算找著也無所謂。」孫少璿只是笑笑：「為了替段公子填湖，我甘願放棄這浪跡天下的自由，也請段公子看在我誠意的份上，幫我一幫。」

段語月怔了怔，無奈地笑了起來：「殿下……」

「還是喚我孫少爺吧，若二位願意交個朋友，跟子衡一樣叫我聲少璿也無不可。」

孫少璿溫和地說著，卻是望向了段不離。

段語月此刻倒真覺得有些困擾，想了想之後抬起頭來望向段不離。

段不離皺了皺眉，思考了好一陣才開口：「若我們願意交這個朋友，殿下是否可以答應往後不論發生任何事，絕不拿身分壓我們。」

「這是當然。」孫少璿認真說道：「君無戲言，我再不願意回去，我仍是東宮太子，依先皇遺願我得登基，就算我日後登基為皇，你們仍然是我公孫璟的朋友。」

段不離仍然是皺著眉，又開口說：「若我們做不到殿下希望的事，殿下仍然會這麼想？」

孫少璿笑著，神情有些淒涼。

「我明白人死不能復生，我也明白像段公子那樣的天賦異稟不是我想有就有，我不會為此為難你們，我只希望……能在有限的能力之下幫幫我。」

孫少璿望向段語月，語氣誠摯。

「你沒有馬上把話說死，肯定是有些想法的，只要你願意試試就行。這事是一道我過不去的檻，若不是小鐵我大概早已身亡宮中。」

孫少璿停頓了會兒，深吸了口氣，神色堅毅地說道：

「她若是真想告訴我沒有人逼她，就得親口告訴我。」

段語月輕嘆了口氣，掀了掀唇想開口，卻是猶豫了會兒，只伸手拉拉段不離衣袖。

段不離低頭望了他的神情，就知道這事已經沒什麼好說的，也沒避諱孫少璿坐在前面，對著段語月開口：「就為了填個湖，你知道這個朋友交了有多麻煩？」

段語月只是笑著，像是在撒嬌：「爹不常說要交朋友，就別怕麻煩。」

段不離翻了翻白眼，眼前這個可不是什麼江湖人，是當朝太子啊。

能不聲不響離宮這麼久卻沒有聽聞他東宮失勢，伴他的那是什麼人呀，是手握重兵的鎮國大將軍！來到這麼遠的地方還瞞著皇上，肯定如他所說，這裡日後會充滿京裡來的人。

要是來保護他的，麻煩。

要是來暗殺他的，更麻煩。

真要交這個朋友，他們哪還有和平的日子可過。

段語月不是不知道他的想法，卻仍然想交這個朋友，那他也無話可說。向來段語月想要的，他都會想盡辦法給他。

而孫少瑢也沒介意段不離說得這麼直接，反而覺得有點開心。向來知道他身分的人，不是奉承就是懼怕，幾乎沒遇到能像他們這樣直來直往的。

以前孫子衡就常常對他說一些江湖人和江湖事，他雖然心生嚮往，但只當故事聽。他知道自己不像孫子衡一樣有豪情跟義氣，那些故事裡的江湖人多半不喜他這樣的權貴，卻沒想到會在這裡碰上他們。

段不離的神情只帶點無奈，卻也沒什麼不甘願的感覺，很平常地開口：

「好吧，我們交你這個朋友。」

孫少璿笑了，他帶著已死的心離開京城，行屍走肉般流浪了一年，這還是頭一次，他感到了一點近似欣喜的情緒，也感覺到了自己確實還活著。

孫子衡走進喜樂莊的時候，整個人是濕的，坐在院裡喝茶聊天的眾人，見他濕淋淋地進來都愣了一下。

「七爺你掉湖裡啦？怎麼濕成這樣！」蘇鐵跳了起來。

孫子衡一臉無奈，還沒開口後面有個人就替他回答了：

「這傢伙嫌命太長，去跳三喜湖了。」

一個高大的男子走了進來，來人濃眉大眼有張粗獷豪邁的臉，一身黑色勁裝顯得有些陳舊，頭髮隨意紮起，看起來不修邊幅的模樣，好似個流浪漢，但一雙銳利的眼睛和渾身散發的英氣又顯示這人的不平凡。

這人走進來的時候地上也淌著水，看來也濕透了半身。

「姊夫？」段語月愣了一下有些訝異地開口喚著。

那個高大的男子正是段語月的姊姊段曉蝶的夫婿易天容，只見他乾笑著，一手摸摸鼻子，一手背在後面看起來有點尷尬。

段不離臉色一沉：「你把藥掉湖裡了？」

易天容賠笑著說：「我也不是故意的，我看有人朝湖裡跳，我把藥擱橋頭，想著先撈人再說。怎知把這傢伙撈上來之後，他一把就將藥打進湖裡去了，我一個沒撈好……濕了半包……」

易天容把藏在身後的藥包拿出來，果然半包藥浸得濕透了。段不離狠狠瞪了他一眼，搶過藥來查看。

「濕了不會回去請大小姐再做一包嗎？」

易天容朝段語月投去個求助的眼神，段語月笑了出來，朝段不離開口：「藥濕了最多姊夫讓你罵一罵，要是姊姊知道姊夫把藥扔水裡，指不定得睡藥堂個把月呢。」

「小月啊，我可沒把藥扔水裡，就說是這傢伙給打下去的。」

易天容無奈地把孫子衡給推出來。

孫子衡也無奈：「段公子，確是我把藥弄水裡的，對不住了。」

段語月笑笑地回答：「七爺不必在意，就只是包藥而已，我同姊夫說笑的。」

蘇鐵擰了擰孫子衡的衣袖，怎麼擰都有水，索性放棄。

「七爺我去給你燒水，著了風寒就不好了！」

蘇鐵正要跑，被段不離扯住衣領抓回來。

「火我一會兒燒，水井在那頭。」

蘇鐵也很聽話，馬上往水井打水。

段語月也望向易天容：「姊夫也換身衣裳再回去吧。」

易天容連忙搖頭：「不了不了，一會兒你姊姊問我還得想理由回她。」

段不離望了他一眼：「大小姐記得你今兒個穿什麼衣裳出門才奇怪。」

易天容乾笑著，段曉蝶確實除了藥材跟病人還有這兩個弟弟以外，什麼事都入不了她的眼，趕忙轉了話題，指著孫子衡。

「你們怎麼留這傢伙住下了？」

「姊夫與七爺認得？」段語月好奇地問。

孫子衡望了眼段不離，滿臉無奈地開口：「早知你們是易大哥的親人，我也不用操這兩天心了。」

孫少璿好笑地望著他：「子衡，你跳湖做啥？」

「我沒跳湖，我就去瞧瞧而已，腳滑了摔下去的……」孫子衡一臉氣忿地說：「那湖肯定有些古怪。」

「沒古怪能死那麼多人？」段不離塞給孫子衡一條乾帕巾，順帶瞪了易天容一眼，才帶著藥走進廚房裡準備燒水。

「小月，抱歉啊，把你的藥弄濕了。」易天容坐到段語月身邊，有些抱歉地開口。

「沒事的姊夫，又不是第一回了。」段語月神情帶著點促狹，又望向了孫少璿，替他們介紹：「這是我姊夫易天容。」

「易先生。」孫少璿記得段語月提過他姊姊是大夫，於是客氣地朝易天容開口。

「別叫我什麼先生，聽了我全身不自在。」

易天容大老粗個性，聽不得斯文人說話。在路上孫子衡已經大致跟他提了這一年的事，於是只好奇地打量了下孫少璿。

孫子衡望著孫少璿說：「這是我跟你提過的，我在西北的時候，助我一臂之力的結拜大哥。」

孫少璿記得孫子衡說起過他們在西北打仗時，深夜遭到奇襲，被困在城裡五天五夜。還是易天容路過，帶了百來個武林高手突破重圍救他們脫困，把那些凶猛的番人給打得抱頭鼠竄。

孫少璿記得那信裡描寫那處境多凶險，但又充滿了壯闊豪情，心裡實在很羨慕，但他知道皇上是絕不肯讓他出征的，而他也知道自己不是個打仗的料。

孫少璿滿臉敬佩地望著易天容。

「我常常聽子衡說起西北的凶險，感謝易大俠助我七弟脫困。」

易天容搔搔腦袋。

「只是路過，看見番人總要打的，你也不用跟我客氣。我比你們都大得多，不敢讓你跟子衡一樣叫我大哥，要瞧得起我，喚聲兄弟就好，不用叫什麼大俠先生的。」

孫少璿覺得易天容很有趣，只笑道：「那就喚聲易兄弟了。」

易天容揮揮手表示隨他，又轉頭望向孫子衡，板起臉認真說道：

「你這不知輕重的，什麼湖覺得有趣就跳的話，有幾條命夠你玩啊？」

「我沒跳湖……」孫子衡正用帕巾擰著頭髮，也是一臉無奈。

易天容性子急，也沒等他說完就轉頭望向段語月，換了個話題：

「傍晚江家的阿虎來抓了幾帖藥，你姊姊聽說了江少爺的事，說你又管閒事了，讓我先給你帶藥來，明兒個你得過去給她把把脈。」

「知道了，回頭姊夫就告訴姊姊我看起來好好的，讓姊姊放心。」段語月笑著說。

易天容見段語月的氣色還不錯，也放心了點，又望向了孫子衡。

「所以你跳湖是因為江少爺的事嗎？」

「大哥啊，就說沒跳湖了。」孫子衡翻了翻白眼地開口：「我站在岸邊看了一陣，總覺得那湖裡似乎有些什麼東西，腳一滑就掉下去了。本來我也沒在意，一沾水提個氣就想起來，卻不知道什麼東西直把我拽進湖裡去。」

「會不會是被水草纏著了？」孫少璿想了個合理的解釋。

但孫子衡想了半晌，總覺得這麼說有點古怪，但還是開口：

「不是，像是……被什麼吸下去的，我也說不出來……總之有些古怪。」

易天容擰著那道粗眉望向段語月。

「小月，你之前說過，那湖裡有東西，是真有些水鬼嗎？」

「既死過那麼多人，水鬼多半是有的，但一般水鬼也不敢纏上七爺。」

段語月苦笑著，有些無奈地望向孫子衡。

「能把七爺拽下湖裡，肯定是真有些厲害東西，七爺不該下湖的。」

「這湖非填不可了，害死那麼多人。」

孫子衡有些氣忿，若不是自己真被扯進湖裡，他還搞不懂為什麼會有這麼多人落水。

「這柳州府衙是幹什麼吃的，平白放著這麼個害人的湖在這裡。」

段語月也認真地點點頭：「是該填湖了。」

「真能填湖？」易天容望向段語月好奇問道：「我以前問你，你不總說那湖太危險不能填？」

「那就要看填湖的人是誰了。」段語月看向孫少璿笑著。

孫少璿雖然不太確定段語月的意思，但還是笑著開口：

「只要我能做到的，必不推辭。」

「真要填湖的話，我明兒個一早就去找柳州知府。」孫子衡說著。

段語月的神情看起來有些猶豫，段不離剛好端著熱茶過來接了話：

「你們要想隱藏行蹤的話，就別去找柳州知府。」

「段管事有什麼建議？」孫子衡接過熱茶暖著手。

「建議你最好先去換身衣服，小鐵已經把水熱了。」段不離毫不客氣地說。

話才說完蘇鐵就跑了出來：「七爺！熱水好了！」

孫少璿笑了起來：「子衡你快去吧，這事還有得商量呢。」

孫子衡摸摸鼻子站了起來，轉頭望向易天容：「大哥你不換身衣服？」

易天容搖搖頭，扯了扯半濕的褲子：「不了，我沒你濕，一會兒就乾了。」

孫子衡也只好由著蘇鐵扯著他去泡熱水。

易天容還有些擔心段不離生他的氣，一端起茶杯才發現段不離給他的是自己平時最愛喝的老茶，馬上開心了起來。

孫少璿望向段不離：「填湖這事兒，不找柳州知府怕是難辦，行蹤的問題我讓他閉口不說，應該也不至於洩露出去。」

段語月側頭想了想。

「柳州知府人還不壞，但有些好大喜功的毛病，特別喜歡和京裡連繫，府裡出入的都是些京裡人。若是你在他面前洩露身分的話，就算他不敢說，也難保他身邊的人不會說出去。」

孫少瑢皺了皺眉頭：「柳州設有守備，軍法嚴厲，讓子衡去的話肯定能做得密不透風，但填湖這麼大動靜的事，守備一動，知府不可能不知曉。」

「貴州城外有海防，駐守的記得是老將軍魏承澤。」段不離突然說道。

「魏老將軍我只見過幾次，子衡倒與他挺有些往來，不過貴州離此也要半個月路程……」孫少瑢思考著。

「不用不用，兄弟，這我就知道了。」易天容笑嘻嘻地湊過來。

孫少瑢聽他那聲兄弟聽得很順耳，笑著望向易天容：「還請易兄弟指教。」

「這魏老將軍幼時家變，是他姊姊給帶大的，長姊如母，他對他姊姊是親娘一般的好。」易天容說著：「他姊姊最近病了，魏老將軍每天親手伺候他姊姊喝藥看診。」

孫少璿本想這事到底有何關聯，突然間想起段語月他姊姊就是個大夫。

「易兄弟的意思是……？」

「老夫人是給大小姐看的病，為了方便，魏老將軍在城裡買了座宅子住下了。」

段不離受不了易天容把話拖得長，就接下去說了。

易天容被搶了話說也只敢撇撇嘴角而已。

「總之，曉蝶每天傍晚都會過去給老夫人把脈，若要見魏將軍的話，跟著曉蝶進去就行了。」

「那就簡單了。」孫少璿笑道：「明兒個我就跟子衡上門拜訪請魏老將軍幫忙，若是由他下令柳州知府處理的話，可省事很多。」

「那就有勞孫少爺了。」段語月見填湖有望，不禁開心了起來。

「不是讓你們別叫我少爺了，既要跟我做朋友，這麼喚我不就生分了。」孫少璿笑著說。

段語月朝段不離望了眼，又笑笑說道：「我年紀較小，如果不介意，就喚您聲大哥？」

「這是自然。」孫少璿看起來挺開心，抬頭望向段不離，但段不離僅面無表情地幫他在杯裡添了熱水，回頭就端著茶壺走了。

「別指望他了，要跟這小子熟起來得個把月吧。」

易天容笑著站起來，又望向段語月。

「小月我先回去了，明兒個你們早點過來，我烤隻羊給你補補。」

「謝謝姊夫。」段語月笑著道謝。

「把你的新大哥跟我那義弟一起帶來吧。」易天容揮揮手轉身出去馬上就沒了影。

院裡只剩下孫少璿跟段語月，兩個人安靜了會兒。孫少璿一直欲言又止，段語月便柔聲開口：「請大哥放心，我答應過的事，必當全力以赴。」

「謝謝你。」孫少璿鬆了口氣，臉上的笑容又帶著些傷感。

段語月只是搖搖頭，笑容溫潤寧靜，月光映在他臉上，白玉般無瑕。

孫少璿望著段語月卻想起了凝香，他總愛在月下看著她赤足起舞，那樣生氣勃勃的美麗。

而今他仍然在同樣的月光下，卻再也看不見那樣美麗的身影和柔軟的姿態。

孫少璿輕輕嘆了口氣，只盼望段語月真能做到一些事，真的能讓他再見凝香一眼，再聽她說一句話。

就算……不是自己想聽的話也沒關係。

孫少璿想著，能再見到她的話，不管她說什麼，他都甘之如飴。

第四回　真龍天子

魏老將軍魏承澤今年剛過了六十五歲的生辰。

這幾年的生活可說是順風順水，五年前他最後一次領旨出征掃蕩海賊之後，海面上安分了許多，但他每天仍舊清晨起來同水軍一起操練。

他的長子魏從孝官拜中書令甚得皇上信任，次子魏從忠隨他從水軍能幹勇猛，夫人知書達禮持家有道；他唯一操心的只有女兒讓他寵壞了，雖然聰明美麗，但不愛繡花只愛練武，成天只想隨他出征。

另一個讓他煩惱的只有他姊姊病了。

為了給他姊姊醫病，他特地向皇上告假，在三喜鎮上買了座宅子，為的是方便讓那位女神醫看診。這一住就三個月，但看著他姊姊日漸恢復精神，魏老將軍也覺得甚是欣喜。

只是今日一早起就眼皮直跳，魏老將軍伸手揉揉眼睛，疑惑著要不要也去給神醫瞧一下的時候，管家來報。

「將軍，段大夫到了。」

「快請、快請。」魏承澤笑著就要朝前廳去迎。

管事連忙踏前一步又說：「將軍，段大夫帶了幾個客人，說想見您。」

「客人？」魏承澤疑惑地望向管事。

「是，有兩位客人，我問了是哪裡人氏，只說是京城來的，是將軍的舊識。」

管家說著，臉上的神情有些擔憂。

「舊識？」

「是兩位甚有貴氣的年輕公子，應該不是普通人……」管事猶豫了會兒：「要不要我通知二少爺？」

魏承澤皺了皺眉。

「不必，是段大夫帶來的，我們也不必太多疑，讓小姐去陪著姑奶奶看診。」

「小姐已經在姑奶奶房裡了。」管事回道。

魏承澤滿意地點點頭，就大步朝前廳走去。一走入前廳就看見段曉蝶坐在廳裡，正和他夫人談話。

這段家大小姐段曉蝶在城裡也是無人不知無人不曉，她精通岐黃之術，被稱為柳州第一名醫，而且承襲其母的美貌，每天上門提親或求診的人絡繹不絕。他夫人也曾經提起過為他們次子從忠求親，但他希望兒媳能跟他夫人一樣溫婉淑德持家有方。神醫很值得尊敬，但他不想要兒媳每日拋頭露面地工作。

最後聽說她突然嫁了一個遊手好閒的流浪漢，讓城中眾多追求者心碎，好事者嘖嘖稱奇。

而魏承澤第一次見到段曉蝶的時候就有點後悔，他兒若能得如此聰慧佳人當媳婦是幾百年修來的福氣，只能嘆自己見識不夠，白白浪費了一段好姻緣。

而此時段曉蝶正順手為他夫人搭著脈，他見段曉蝶的舉動連忙開口：

「夫人病了嗎？」

「沒的事，就早起有些頭疼，順口說了，段大夫擔心我。」

魏夫人溫婉笑著，讓段曉蝶給她把脈。

「只是累了，身子有點虛，將軍您可得給夫人補補身子。」段曉蝶笑著望向魏承澤。

魏承澤也知道他夫人最近都親手下廚給他姊姊煮藥做飯，知道她累著了也有些心疼，忙喚著管事去拿老參燉雞。

魏夫人笑著制止：「哪那麼嬌貴，參是留著給姊姊吃的。」

魏將軍安慰了夫人幾句，段曉蝶這時站了起來，朝魏承澤道：「我先去給姑奶奶看診，我帶了兩位將軍的舊識，將軍好好聊聊吧。」

「大夫快請。」魏承澤把段曉蝶請了進去，轉頭才看見前面坐了兩位青年。今天日頭正好，日光直曬進廳裡，他看得有些不明白，只朝前走了幾步。

「兩位是？」

「魏伯父，許久不見，晚輩遲來拜見，請伯父見諒。」孫子衡走向前幾步，朝魏承澤一揖。

魏承澤一見大驚：「恕華賢姪！你怎麼在這兒!?」

「說來話長，魏伯父，我二哥來了。」孫子衡朝旁邊讓了下，魏承澤一時之間不太記得他幾時有個二哥，抬頭望去，看清眼前人的時候，更是驚訝地合不攏嘴。

「魏將軍，別來無恙。」孫少璿笑著，負著手緩步走到魏承澤面前。

魏承澤只怔了一下，馬上撩起衣襬就要跪下。

「臣見過太子殿下。」

孫子衡正想去扶他，被孫少璿不著痕跡抬手攔了一下，只見孫少璿溫和開口：

「魏老將軍快請起。」

「謝太子殿下。」魏承澤起身，孫子衡這才伸手扶了他一把。

魏承澤連忙叫人關門守在門外。他一把年歲了，腿骨又受過傷，進京面聖的時候皇上都不怎麼讓他跪，太子特意讓他見禮肯定是有事要吩咐他，心裡有了些準備。

「不知太子殿下怎麼會離京千里跑到這小鎮上來？」

「將軍也請坐吧。」孫少璿溫和地開口。

「謝殿下賜座。」魏承澤讓人奉茶，孫少璿沒坐在上位，他也不敢隨意朝上坐著，只坐在後邊的椅子上。

「實不相瞞我離京已經一年多了。」孫少璿說道：「讓子衡陪我遊歷天下，體驗民情。」

「殿下仁心實是百姓之福。」魏承澤說著，心裡知道這沒這麼簡單，殿下跟皇上鬧脾氣不是一天兩天的事了。

他長子魏從孝在京裡是每日出入御書房的，他就曾聽從孝返家探望他們時，說起過東宮沒有人伺候的事。

他好奇問道是不是皇上想廢太子，但從孝只搖頭說是太子殿下不知道為了什麼跟皇上發脾氣，把東宮伺候的人全驅逐出去，連從小最親的蓮嬤嬤都趕走了。

他當時覺得奇怪，太子殿下不是任性而為的青年，東宮裡伺候他的可都是他亡母蓉妃留下來的人。

他再細問，從孝只小聲說可能跟凝香公主身亡有關。對外說是意外，但實際上是自盡，而私底下傳說是皇上賜死的。

而當天在場的人有半數都是皇上的人，聽說蓮嬤嬤也在。

這蓮嬤嬤可是蓉妃的奶娘，跟著進宮將太子從小養到大的，她會在場肯定有什麼事兒在裡頭。但當天除了皇上的人跟蓮嬤嬤以外，其他在場的人聽說都遣出宮了。

雖是這麼說，但誰曉得是真遣出宮還是扔井裡了，從孝只搖搖頭道難說。

他當時囑咐從孝別多問、多看多聽，伴君如伴虎，該糊塗的時候得要糊塗些。他長

子是個精明的，自然懂得怎麼應付。

後來聽說也沒人能進去東宮伺候著，一年下來如同冷宮一般淒涼，皇上三不五時會到東宮走走，但每每嘆息著出來，再下一年皇上就連去也沒去過了。聽說是因為太子殿下已經離開皇城，皇上下了密旨四處尋找他的蹤跡，但沒有人敢去確認這事。

兩年來也從來沒聽過皇上提起過廢太子之事，自然也不會有人多事去觸皇上這逆麟，只得盡量勸皇上立后。若能有幾個子嗣，興許就不會只把心思放在他那個寶貝皇弟的身上了。

此時孫少璿也只是笑著：「記得中書令魏從孝是魏將軍長子，我在御書房見過幾次，還跟皇兄說魏中書是難得的人才。」

魏承澤心裡一驚，只覺得冷汗直流。

「犬子不才，讓殿下費心了。」

「別這麼說，日後待我回京，還要魏中書好好提點我。」孫少璿笑道。

「不敢，承蒙殿下關愛，臣替犬子謝過殿下。」魏承澤說著又要跪，這回孫少璿制止了他。

「魏老將軍，此次我前來拜訪，是有件事想勞您幫忙。」孫少璿溫和說道。

「殿下請說，臣定當全力以赴。」

魏承澤心想終於提到正事了，心裡七上八下地應了。

「魏老將軍在三喜鎮裡待了數月，可知道這三喜湖之事？」孫少璿問道。

魏承澤愣了一下，他還以為太子想要他做什麼，卻沒想到會提起那個湖，只老實說道：「是，聽說這湖常有人路過失足溺死，每月總會有一、二人掉下去，聽說掉下去多半沒能活命。」

孫少璿笑著說：「這湖每月害死個一、二人，經年累月下來也害死了不知上百人，怎地柳州知府沒想過要填湖呢？」

魏承澤聽他的意思，大概重點在這填湖之事，心裡放鬆了些，便回道：

「臣搬來這三喜鎮上之時，便聽聞這湖裡意外甚多，也請柳州知府過門詢問，但他說這湖是太祖皇帝出巡的時候命名的，說絕對填不得。臣上個月還去信讓犬子從孝查查這事，但京裡書信往返也要幾個月，最近又為了科舉之事煩忙，怕是擔誤了，讓臣再去信讓犬子迅速盤查。」

孫少璿倒是笑了：「哪個太祖皇帝？」

魏承澤倒是愣了一下，公孫王朝也只有一個太祖皇帝，但仔細一想又覺得不對，太祖皇帝平民出身，打退了番人收復了前朝失地，建立了公孫王朝，一輩子辛勞勤政，哪有時間出巡到這裡還悠閒讚嘆風光明媚。

而且說穿了太祖皇帝沒讀過幾年書，朝廷剛建立起來時，奏摺都是宰相一封封唸給他聽，太祖口述讓宰相批的摺子。

「臣怎麼糊塗了，太祖皇帝哪裡有時間做這種事。」魏承澤一想又有些生氣：「這柳州知府怎麼亂說話，要報上朝廷可是欺君之罪啊。」

孫子衡冷笑了聲：「怕是天高皇帝遠，他知府位子坐太舒服了，話都能亂說了。」

魏承澤正想說要上報朝廷治那柳州知府的罪，但想想又覺得有些不對，太子躲了皇上一年，特意顯露身分跑來他這裡，肯定不會只是想拿柳州知府開刀。

他念頭一轉才開口道：

「這柳州知府之罪可從長計議，現在重要的是百姓，殿下可要臣督促填湖之事？」

孫少璿滿意地點點頭：「魏將軍有此想法是三喜鎮民之福。」

魏承澤心裡鬆了口氣，知道自己猜到重點了。

「就算這湖真的曾讓太祖皇帝喜愛，太祖皇帝一向仁心愛民，怎會容得這湖害死那麼多百姓，這湖肯定要填的，臣立刻就找柳州知府商議填湖。」

魏承澤說著又有些猶豫：「但臣雖可命柳州知府填湖，但老臣畢竟是鎮守貴州的武官，插手柳州事務恐怕有些說不過去……」

孫子衡此時笑道：「伯父，若不是二哥不方便露面就親自前去了。看著三喜鎮民受苦，我二哥實是不忍，我是仗著伯父一向關愛我，才拉著二哥前來的，希望伯父能幫個忙。」

魏承澤聽懂了孫子衡的意思，馬上笑道：「當然，為了百姓，填湖之事臣萬不推辭，別說皇上愛民如子，若將來皇上真有怪罪，臣定一己承擔。」

「魏將軍千萬別這麼說，皇上不會為填湖這種小事責怪您，但日後皇上要問起我的行蹤，就請魏將軍直說無妨。」孫少璿淡淡笑道。

魏將軍思考了一陣才回答：「臣不多言也不多問，殿下為人臣是清楚的，臣不倚老賣老說些勸誡之言，只望殿下查訪民情之餘也要保重身體，多加小心。」

娃的，我是見他可愛才出來看看的。」

蘇鐵緊抓著段不離的衣裳，見那魚頭人似乎也不是很凶狠的妖怪，膽子就大了點。

「我、我才不胖，少爺都要我再多吃點的。」

「小鐵當然不胖，別理會小魚，他總覺得人要圓滾滾的才是可愛。」

段語月笑了起來，在院裡的石椅坐了下來，溫和地望著魚頭人開口：

「說吧，大人什麼事找我？」

魚頭人在段語月面前端正站好，段不離走了過來，站在段語月身邊，一雙眼睛瞪著魚頭人，手上的燒火棍還一下、一下地打在手心上。魚頭人抖了一下，小小聲開口：

「主人說請二爺去喝、喝杯茶……」

魚頭人見段不離的臉越來越冷，便越說越小聲。

段語月抬頭無奈地望了段不離一眼，只得苦笑回答：

「我身子不好，湖底太冷我撐不住，上回去喝了杯茶，回來我躺了半個多月。這茶我就不喝了，你回去稟告大人，說我們答應他的事，已經開始進行了，時間到了他感覺得到的，也請他行個方便，讓我們好做事。」

「已經開始了？」魚頭人一臉興奮地抬起頭來。

「是的，這幾天你們就感覺得到動靜了，快回去轉告他吧。」段語月溫和笑著。

「謝謝二爺，大恩大德小魚會記在心裡的。」魚頭人倏地跪下來拜了幾拜，然後朝蘇鐵一笑，就化成霧氣消失了。

「媽啊！妖怪！」蘇鐵緊抱著段不離的腰不放。

段語月好笑地摸摸他的頭，然後無奈望著段不離。

「還不收好你的燒火棍，成天就拿來嚇唬那些小精怪，等他家主人放出來了，說不定還找你麻煩。」

段不離挑起眉毫不在意地說道：「等祂出來，我也打祂一頓，看祂還敢不敢總逼你下去喝茶。也就只敢趁老爺不在的時候來。」

段語月也只能苦笑，幸好他爹不在，要他爹在，搞不好小魚早上了餐桌，只得搖頭嘆了口氣，摸摸蘇鐵的頭。

「小鐵，別怕了，不會再來了，我幫你在燈籠上畫圖好嗎？」

「好！」蘇鐵抬起頭來，他上回見過段語月畫畫，那精巧的筆觸把人像畫勾勒得維妙維肖，馬上用力點頭。

段語月帶著蘇鐵去畫畫，段不離笑著，扛著他的燒火棍回廚房去準備做點宵夜，心想孫少璿跟孫子衡也該回來了。

一旦開始做了，這填湖的工程就如火如荼地展開。

三喜鎮民無不歡喜地看著軍兵忙碌，有好些窮苦人家的孩子都得以去幫忙工程賺些花用，也讓三喜鎮一時之間熱鬧了起來。直忙了兩個月，從源頭鑿渠道將水引流，工程分三個階段進行，等湖面分次將水放空了再來填土。

工程中為了怕軍兵發生意外，事先將湖都圍了起來，也先截斷了源頭的水流。

「怎麼會突然要填湖呀？」

「幾個月前江家少爺不是落湖死了嗎？聽說那江少爺原來是魏老將軍的義子，江家不想擺顯所以從沒說過這事，魏老將軍聽見江少爺死不瞑目，一怒之下就親領他的水軍前來填湖了。」

「這不會觸怒皇上嗎？」

「魏老將軍說皇上宅心仁厚，為了百姓安危不會作勢不管，但若皇上真怪罪下來，他會一己承擔責任。」

「果然還是武官懂得保護百姓啊！你看那劉知府，年年都有人去求他填湖，他沒一次願意做點事的。」

「聽說劉知府這回被魏將軍給罵慘了呢。」

「誰讓他不同魏將軍般愛民如子啊。」

「那不是月少爺嗎？今天氣色不錯啊。」

「月少爺，也來看放大水啊？來塊蔥花餡餅吧？剛出爐的。」賣餅的小哥跟旁邊賣菜的大叔正在閒扯，兩人看見段語月走過來還覺得稀奇，連忙招呼著。

「聞起來好香啊。」段語月今天氣色還不錯，就先到市集裡走走，看見熱騰騰的蔥花餅眼睛都亮了。

「來來，趁熱。」小哥沒等他應聲就快手把餅掰成兩半，包成兩份一大一小給他。

段語月拿過手，順手把大的那半遞給段不離。

段不離拿過就塞給身邊的蘇鐵，掏出銀子給賣餅的小哥。

「謝謝段管事，月少爺再來啊。」賣餅的小哥笑著收下。

孫少璿跟孫子衡走在後面覺得挺有趣，沿路上每個賣餅賣包子賣糕點的都認識段語月，只要段語月笑著說香，馬上就把東西分兩半包給他，看來已經是習慣了。只是段不離總拿了就塞給蘇鐵，吃得這孩子忙不過來，笑咪咪地什麼都說好吃。

他們沿路走到三喜湖附近，渠道工程正在進行，預計今日可以做最後一次的湖水引流，因此今日市集特別熱鬧。

「看來進行得還算順利。」孫子衡看著已經挖開的渠道：「應該可以做最後一次的引流了。」

「就等魏將軍了。」孫少璿笑笑站在那裡等著，一轉頭大半個冒著熱氣的肉餡餅就擱在眼前。

「大哥，要不要吃餡餅，肉餡兒的。」段語月開心笑著。

「呃……謝謝。」孫少璿接下餡餅，就見段不離翻著白眼罵段語月：「最後一個了，分給誰都一樣，再吃就撐了。」

段語月只是連連點頭：「最後一個、最後一個。」

孫少璿笑了起來，正想把手上的餡餅塞給蘇鐵，但只見那孩子左手半支糖葫蘆，右手半個桂花糕，嘴裡還咬著個糖蔥。

孫少璿無奈地只得自己咬了口，倒覺得意外好吃，他剝下一半遞給孫子衡。

「子衡，吃看看這個，比御廚做的還好吃啊。」

孫子衡笑著接過咬了口，是覺得還不錯，但也沒到比御廚好吃的程度，想來是孫少璿心情很好。

「這看起來好好吃啊～」

「不能再吃了！」

前面段語月吃完了小半個餡餅又看上了炸糖糕，段不離怕他吃壞肚子，冷著臉阻止他，看得孫少璿直笑。

「像個孩子一樣。」

「小月身體不好，少有機會出來逛市集吧。」孫子衡看著段不離還是無奈地買了炸糖糕，剝了一小口塞給段語月，回頭又朝蘇鐵招手。

蘇鐵開開心心跑過去接收，孫子衡也無奈地喊著：「小鐵，也別吃撐了。」

「嗯！」蘇鐵應著，大口咬著炸糖糕。

因為段語月顧著吃，他們花了好一陣子才走出市集到了湖邊。

外邊已經圍了許多人在那裡，和在市集裡不同，湖邊呈現一種壓抑的氣氛。夾雜著哀傷和歡喜，但大部分都是好奇。

這三喜湖就像是個污濁的百寶箱，黑漆漆的湖水裡邊不曉得有多少屍體也不知道有多少寶物在裡頭。

預防萬一，魏將軍帶來了一營軍兵鎮守著，吩咐柳州知府讓各衙門把這數十年來曾有報失物品落湖裡的，或是掉進湖裡死了的報案，全編列成冊，好準備讓人認屍和起失物。

段語月他們一行人來得晚，只站在人群後觀望著。不一會兒有人從人群裡擠了出來，朝他們跑來。

「月少爺。」

段語月側頭望去，認出是江虎：「小虎哥。」

「月少爺、孫少爺、七爺，到我們那裡去吧！老爺三天前就讓人佔了位子，現下架了個棚子也順道讓些老人家坐著等，那兒看得清楚也不擠人。」

江虎笑著又說：

「老爺說人多怕月少爺給悶著了不好，過來坐著等吧！這麼大的湖，要引流還有得等呢。」

段語月一眼望去也看見了江家那個遮陽棚，果然有好些老人家都坐在裡頭休息。

「江老爺真是有心。」段語月溫和笑著，望向段不離，見他點頭才朝那遮陽棚走去。

江虎有些哀傷地說：「老爺說他善行做得不夠，才會失掉少爺這個命根子，以後就要多行善舉。江家沒有什麼就有點錢，也只能出錢了。」

孫少璿幾次聽魏承澤說起過這江老爺出了不少錢幫忙，似乎是因為痛失愛子所以立下宏願要濟世助人。

本來收江為做義子只是個說法，但兩個月相處後魏承澤覺得江老爺是個好人，江虎

又能幹孝順，便也收了江虎當義子。江老爺又開心又傷心，倒也正式把江虎收為養子，只是江虎仍有些轉不過身分來，還是常常稱養父為老爺。

眾人走進棚裡，江老爺馬上起來迎接，讓人備了椅子給他們坐。段語月正覺得累了，也沒有推辭地坐下。

孫少瑨遠遠地看見魏承澤在看他，只點點頭當作打招呼。

放眼望去大概有超過半數的鎮民都來了，加上從城裡過來看的，一下子把三喜湖邊擠得水洩不通。

柳州知府有些不安，還請人看了時辰，請法師做法穩定湖裡的冤魂。

魏承澤不以為然，但想想請了法師做法可能百姓心裡也會安心點，於是就沒阻攔他。

等時辰一到，魏承澤下令炸開渠道口，只見剩下不到一半的湖水朝渠道猛地衝去，瞬間滿了整條渠道，有些孩童好奇地順著水流往渠道口跑，被一些軍兵給趕開了。

湖邊的百姓只關心湖底的東西，但湖水要流乾可沒這麼快，只得眼巴巴望著湖水一寸一寸地慢慢短少。

「還挺順利的嘛。」

段語月側頭一看居然是兩個多月不見的陸不歸。

「陸先生，您回來啦。」

「你這小子真是天不怕地不怕，居然好膽填湖。」

陸不歸難得收起了平日嘻笑的模樣，神情帶著點嚴肅和無奈。

「這湖總是要填的，現在不正是個好時機？」段語月笑著回答：「總不能讓不離老追著小魚打。」

陸不歸擰了擰眉，小聲說道：「你真要放走這湖底的東西？」

段語月望向翻騰的湖面，神情溫和地說道：「也是時候放出來了，再困下去只是徒增罪孽而已，況且我答應祂了。」

陸不歸皺著眉，倒也沒有再問，只是向前走了幾步，等著湖水抽乾。

等了幾個時辰，百姓們等得不耐，散開去晚些又聚了回來。

等到湖裡出現第一具屍體的時候，有個婦人認出那是她丈夫，一下子哭了起來，湖邊頓時染上了哀愁的氣氛。

魏承澤見那位婦人哭得傷心，正打算派人下去撈的時候，段語月忙轉頭朝孫子衡說：「不能撈，要等。」

孫子衡點點頭，走出棚裡飛身過去，幾個起落就到了魏承澤身後。百姓可以不認識孫子衡，卻沒有軍兵不認得他。

魏承澤交待過孫子衡不想洩露身分，於是也沒人敢阻攔或上前行禮。

孫子衡只小聲朝魏承澤說道：「伯父，還不能撈，要等。」

魏承澤不確定是要等什麼，不過也還是照著孫子衡的話做。魏夫人帶了些女眷，體貼地上前去安慰那位婦人，讓她安心等候。

這一路等到天色漸暗，四面燃起了火炬，亮得如同白日一般。百姓們看著就要見底的湖水都有種興奮的心情，但湖水一退只見滿地的屍首，於是哭聲漸起，四周是一片哀淒，許多人已經跪在湖邊呼喚著死去的親人。明明白天還熱得發汗，現在夜風吹過竟然冰涼透骨，有些毛骨悚然。

孫子衡遠遠地望見湖水已經退得差不多，等段語月點頭，才讓軍兵在臉上蒙著帕子，手腳上多包了幾層油布才下去撈屍體。這是段曉蝶的吩咐，是擔心那些軍兵染病。

段家醫館廣生堂也立了個棚子給那些杵作檢視屍首用，若是溺死就先讓家屬領回，若有可能是棄屍則先存放在義莊。這臨近的杵作和義莊能來的人都來了，就等著分發屍體。

泡水的屍首一具具被抬上來，棚子裡很快就塞滿了屍首，猶如戰時一般的觸目驚心。沒了湖水的掩蓋，屍首的臭味馬上就飄散開來，很多看熱鬧的趕緊回家去，人潮慢慢散開只剩下那些心焦的家屬。

段語月他們坐在上風口，味道不至於那麼嗆人，孫少璿不想讓蘇鐵看見那麼多屍首，就請江虎帶著蘇鐵到廣生堂那裡託給段曉蝶，順道讓這孩子幫點忙。

等江虎回來的時候，紅著眼眶拿了塊油布包著個藍布包袱過來。

「老爺，這是少爺的。」

江老爺也抹著眼淚，有些生氣地說道：

「給我打開來，看看是帶了什麼要緊的東西讓他連命也不要了。」

江虎把東西放在地上，小心地打開濕透的包袱，裡面就只有帳本、錢袋跟一些零碎的隨身用品。

「這個我沒見過，可能是少爺路上買的。」

江虎看了半天揀出個細長的木盒，小心翼翼地打開泡爛的木頭，裡面是支釵，但奇怪的那支釵看起來不是金的也不是銀的更不是玉的，灰灰紅紅的一點都不亮，卻頗有些重量。

「這是買給少夫人的嗎？怎麼質地這麼怪，不是被騙了吧？」江虎拿起左看右看，總覺得哪裡不對勁，捏捏敲敲地才說道：「這是石頭啊？」

江老爺也覺得奇怪，拿過來彈了幾下，更生氣地罵：「石頭哪能騙得了人，這孩子是傻了，石頭釵也買！」

江老爺一怒正想扔了那支釵，段語月突然站了起來：「江老爺。」

江老爺回頭看段語月的神情有些奇怪：「月少爺，怎麼了嗎？」

「那支釵，可以給我看看嗎？」段語月的神情難得有些嚴肅。

通常段語月都是溫溫柔柔的，面對人總是笑著，或是專注聽人說話，總是一臉溫和，江老爺幾乎沒見過他板起臉來的模樣，連忙把釵遞過去。

段語月走過去，還沒伸手碰上就被一隻大手給打開去。

「你這笨孩子，這東西你也敢碰。」

陸不歸瞪了他一眼，冷不防被段不離也瞪了一眼，他只好縮了縮頸子站遠了點，望著那釵，神情又嚴肅了起來。

江老爺一聽這釵不能拿，僵在那裡丟也不是、不丟也不是，江虎連忙擠過來。

「老爺我拿。」

江老爺見他一片孝心又紅了眼眶罵他：「拿什麼，我一把年紀了還怕什麼。」

陸不歸見那父子倆搶著拿釵，索性自己伸手拿了起來，在眼前端詳半天。

「陸先生，給我看看。」段語月有點急，湊過去想看，被段不離給扯著。

「給我吧。」段不離伸手想去拿，也被陸不歸瞪了一眼。

「你倆綁一起的，他不能拿你就能拿？」

段不離怔了下就放下了手，陸不歸只把釵放到段語月面前讓他瞧著。

「是石中玉？」段語月上下看了半天，直想伸手拿，被段不離無奈地抓著。

「看來像是啊……沒想到這玩意兒還在世上，我以為早沉海裡了。」陸不歸皺著眉說道。

「江老爺。」段語月轉頭望向江老爺：「這支釵可以借給我一陣子嗎？」

「月少爺儘管拿去，扔了也沒關係，我不要了。」江老爺連忙說道。

陸不歸拿了塊破布把石釵包起來就塞進懷裡：「你爹什麼時候回來？」

段語月只搖搖頭：「說去南海了。」

「還不死心啊。」陸不歸翻了翻白眼：「你倆是分不開的，讓他早點死心吧。」

「陸先生，那支釵您也拿不得的。」段語月也只苦笑著。

「先收著，我命比你硬多了，整不死我的，等你爹回來再來打算。」陸不歸說著，又望向湖面。「這些要命的東西怎麼全出現在三喜鎮啊……」

段語月也只輕嘆了口氣。孫少璿在旁邊聽了半天，有些好奇地問道：「小月，什麼是石中玉？」

「這說來話長。」段語月神情有些為難地笑道。

段語月有些猶豫，而陸不歸見幾個軍兵扯著一具屍首拉不起來。

「我去幫個忙好了，不然不知道要搞到什麼時候。」

陸不歸說著就下去了。段不離給段語月和孫少璿倒了茶來，還弄了壺熱水放在一邊，在段語月身邊坐了下來。

段語月見他坐下就順勢靠了過去，入夜了之後他的臉色就開始顯得有些蒼白。

段不離為他披上件外袍，細心攏了起來，叨唸了兩句：「一會兒別又燒起來了。」

段語月笑笑回道：「不會的，坐會兒就好了。」

孫少璿這才意會過來段語月大約是不舒服了。

「要不要回去休息會兒？」

「不妨事，兩、三天總會來一回的，晚些回去睡了就好的。」段語月笑道。

孫少璿朝段不離望去，見他也沒不開心的樣子，便伸手替段語月把茶加熱些再端給他。

「捂著手吧，天冷。」

段語月笑著接過：「謝謝大哥。」

「累了就休息會兒，別逞強。」孫少璿溫和地望著他。

「就說沒事了。」段語月握著杯子覺得手暖了些，思考了好一陣子才開口：「這石中玉……是個邪門兒的東西。」

「喔？怎麼個邪門兒法？」孫少璿好奇地問。

「故事是挺長的，但……就只是個故事，也不知是真是假。」段語月淡笑著：「不過能肯定的只有一樣，這塊石頭出沒的地方，必有傷亡。」

孫少璿皺了皺眉：「是什麼原因造成的？」

「可能是個詛咒吧。」段語月望向孫少璿：「傳說得到石中玉就能得天下，但真正得到石中玉的人，卻都落得個滿門死傷的下場，所以也有人說那塊石頭被詛咒了。」

孫少璿不可置信：「哪有什麼石頭得了可以得天下的，這話要傳進京裡去，不被我皇……不被皇上給宰了。」

段語月笑道：「只是個故事，民間總會傳些神奇故事，就是些茶餘飯後的笑談。」

孫少璿也笑著，又替他的杯子加了點熱水。

「既然是個傳說，你是怎麼認得出剛剛那支釵就是石中玉的？」

段語月皺了皺眉，憂慮地開口：「因為我見過。」

「你見過？」孫少璿訝異地望著他。

「嗯。」段語月點點頭，語氣帶著點悶悶不樂。「五年前，北宜城裡有戶姓張的人家，做木材生意的，從張老伯意外暴斃開始，全家人接連發生意外，當時我隨父親去探望過，意外發現他們擁有那支石釵。我父親詢問那支釵哪裡來的，他們只說是張老伯帶回來的，也不知是哪兒買的。當時我父親也不敢拿，要他們包在黃布裡收好，他三天後會再來。但等我父親再去的時候，張家已經只剩下一個孩子了，而那支釵不知去向，半個月後連那個孩子也死了。」

孫少璿怔了怔望向在湖底的陸不歸，又看看江老爺。

「這……不要緊嗎？會是有人為了搶石頭所以下殺手？」

段語月也嘆了口氣：「這也難說，如果真是這樣還好解決，現下釵不在江老爺手上，陸先生武藝高強，真有人搶釵也搶不過陸先生的。」

「所以你怕的是……真有詛咒？」

孫少璿望著段語月，見他一臉擔憂，也不知道該說什麼，也不過就是個故事，但又轉念一想，段語月見過這麼多離奇的事情，會相信真有詛咒也是難免。

「他命很硬，又孤家寡人，死不了的。」段不離淡淡開口，又像是在安慰他。

段語月靠在段不離身邊，抬頭望著他：「你師父會不會有事？」

段不離扯了扯嘴角，說道：「師父是他師伯，怎麼也扯不上個親，要死也不會死到師父身上去。」

孫少璿這才知道原來陸不歸跟他們是有點關係的，正想再問問的時候，聽到湖底的軍兵接二連三地叫喚起來。

他們朝湖底望去，原來是挖出了個土瓶。看來只有酒瓶大，但卻怎麼也挪不動，讓三個力大的軍兵來搬，用盡了吃奶的力氣竟然連動都沒有動一下。

陸不歸從湖底兩、三下飛躍了上來，神情肅穆地望著段語月：「小月，找到了。」

段語月一雙眼睛閃閃發亮的，轉頭望向孫少璿：「大哥，要不要下去看看？」

孫少璿怔了怔，想這大概是段語月在等的東西，只點點頭站起來。

段不離跟在段語月身旁，扶著他小心翼翼地走下湖底，一路泥濘濕滑，好幾次段語月差點滑下去，幸虧段不離緊緊扶著他。

孫子衡看見孫少璿想下去，連忙衝過去跟著。魏承澤嚇壞了，自己不方便下去，只好叫兒子小心跟在這個寶貝殿下身後。

孫少璿的功夫還算好，一路躍下湖底倒也沒滑倒，孫子衡跟在他身後小聲問道：

「你下來做什麼？」

孫少璿搖搖頭：「小月說讓我下來看看。」

孫子衡只挑了挑眉，也沒多說。魏從忠有些擔心，小小聲開口：「殿下，這裡濕滑，想要什麼請吩咐屬下去拿就好。」

「不必擔心，沒事的。」孫少璿只揮了揮手。

魏從忠也只得退到一旁，眾人等著段語月慢慢滑下來，僅一小段路就喘得他臉色發紅。

「對不起，讓大哥等了。」

「不要緊，你慢慢來。」孫少璿溫和笑著，伸手扶了他一把。

段語月走近去查看那個土瓶，幾個軍兵退開在一旁面面相覷，只見他蹲下去輕輕摸著那個土瓶，把上頭的泥土給抹去，露出了一張陳舊的符紙。

「終於也讓你等到了。」段語月露出他溫潤的笑容，讓段不離扶著站起來，側頭朝孫少璿望去：「大哥，你來試試。」

孫少璿挑起眉來，三個這麼大個兒的軍兵都扯不動的東西，他的氣力也不見得大多少，但看著段語月的笑容，他只得朝前走了幾步，伸手捧著那個土瓶。

「別用太大力氣。」段語月小心吩咐著：「抓好瓶子，小心些。」

孫少璿雖然覺得奇怪，但還是用了點力氣抓住那個土瓶，卻意外地只一扯，土瓶就被他扯上來了，讓他差點朝後仰，還是孫子衡趕忙扶了他一把。

他這才懂段語月為什麼要他別太用力，他疑惑地看著手上的土瓶，瓶口封著一張陳舊的黃符，上頭寫的文字鬼畫符似地看也看不懂。

段語月這時候讓段不離拉著朝後退了好幾步，順手扯了孫子衡的袖子一把，臉上滿是期待的神情。

孫子衡有點莫名其妙，正想叫孫少璿也退後的時候，被段不離索性一把拉了過來。

而孫少璿只是怔怔看著那道黃符，有點鬼迷心竅似地就伸手揭了那道符。

一揭開那符紙，孫少璿就覺得似乎有風從瓶口裡洩出。

他只怔了極短的時間，而那一瞬之間風雲變色。

手裡的土瓶口猛然灌出大風，他仰起頭避開，不曉得什麼東西從土瓶裡直竄了出來，巨風揚起，漫天飛砂走石讓人睜不開眼。只有段語月睜大眼睛，興奮地臉都紅了，直拉著段不離的手。

「成了，他出來了！」

段不離怕他眼睛被砂迷了，無奈地把他的頭按在自己肩上，段語月只掙扎著想多看一眼。

而孫少璿直僵在那裡，在眼前的，的的確確是一條龍。

就從他手裡那個小小的土瓶裡鑽了出來直衝上天，盤旋幾圈之後，又俯衝下來，盤旋在他面前，直直地望著他。

孫少璿確實就這樣清清楚楚的，對上那雙漆黑明亮如夜空的眼睛。

一時之間他有種衝動想伸手摸看看，他感覺得到冰涼的水氣縈繞在四周。

那只是一瞬間而已，就在他真的想抬起手的時候，那條龍突然翻身一轉，瞥了他一眼似的，回身將長尾在段語月他們倆面前掃過，姿態優雅地朝雲端滑翔而去。

孫少璿只是怔怔地望著天空，直到消失為止。

風砂漸止，所有人都親眼看見那條龍飛去，一種微妙的氣氛散發了出來。孫少璿看看手上已經空了的瓶子，而來不及退開的幾個軍兵和不敢退開的魏從忠都被掃倒在地，忙著從泥地上爬起，而孫子衡更是張大了嘴不知道該說什麼。

百姓間開始竊竊私語，一種惶然的情緒迅速蔓延。

段語月伸手扯了扯段不離的袖子，湊過去在他耳邊講了幾句話。

百姓們正在惶恐，這湖死了那麼多人會不會是龍神要的祭品？現下填了湖，龍卻走了，會不會觸怒了龍神？就在人心惶惶的時候，就聽見有人喊了句：

「祥龍現世乃天佑公孫王朝千秋萬代！」

聲音渾厚而綿長，魏承澤反應很快，馬上跪下跟著喊道：「公孫王朝千秋萬代！」

所有軍兵跪下一起大喊的時候，百姓們也連忙下跪喊著萬歲，心裡的陰霾馬上就散去了，因為真龍現世可絕對是祥瑞之兆。

在一片呼喊萬歲的聲音之間，只有孫少璿笑了，側頭望向段語月。

段語月回給他一個燦爛的笑容，輕聲說道：「果真是真龍天子。」

孫少璿抱著那個土瓶，想著這一年辛苦地遊歷天下，到此為止可真算是值了。

第五回　疑案再起

初夏時節，開始豔陽高照，填了三喜湖又見著祥龍之後，整個三喜鎮都洋溢著歡樂的氣氛。

當時沒見著龍的人都垂胸頓足地懊悔沒多待上一會兒。

湖裡的屍首也陸續都發還給家屬下葬，只是被謀殺後棄屍的屍首竟也有幾十具，把衙門裡的停屍處擠得沒地方擺。

三個老杵作忙得是天昏地暗，連帶衙門裡的捕快們也每日忙進忙出的，一時之間廣生堂門外排隊人潮也多了好些個衙門裡的人。

段曉蝶擔心等看病的人被日頭曬壞了，幾天前就讓人架起了遮陽棚，在門口奉涼茶，好讓等候的人群解解熱。

填湖的工程還在進行，在濕泥地整個鋪上石灰之後，一車車的泥土石塊不停運來填坑，慢慢的那個坑洞就越來越平了，偶爾也會有調皮的孩子溜進去玩耍。

湖上那座總是有人摔落的橋，在拆除那天百姓們都歡呼了起來。

段語月滿意地看著那個坑洞慢慢被填平，心裡也覺得高興，卡在百姓心頭上的一塊石頭終於可以落地。

「爹要是回來，鐵定很開心。」段語月笑得心滿意足。

段不離淡淡笑著，臉上神情倒有些無奈，心想他們爹要是回來，只怕會先被唸一頓吧！

「倒是陸先生，不曉得會不會有事。」

段語月想到前夜突然告別的陸不歸，心裡又有些擔心。

「等師傅回來，他肯定就會摸上門的，別操心他了。」

段不離也只皺了皺眉，安撫著他。

「月少爺！今兒個氣色不錯啊！來個豆沙包子吧！」賣包子的大叔見到段語月，笑得合不攏嘴。

段語月正想嘆個氣，轉頭聽見豆沙包就眼睛一亮，正想過去的時候，被段不離一把扯回來瞪了一眼。

「昨兒個胃疼到今天早上，還學不乖。」

「我餓了。」段語月一臉無辜地望著他。

「餓了稀飯怎不喝完？」段不離無奈說道。

「……沒味道，你連鹽都沒加。」段語月神情委屈地說。

段不離翻了翻白眼：「回去再給你加鹽，不許吃東西了。」

孫少璿覺得好笑，又有些同情段語月，可也不敢擅自買東西給段語月吃。基於他們一直賴在喜樂莊沒走，兩、三個月相處下來，他知道惹段不離生氣是很可怕的事，有可能會吃到奇怪的東西，或者沒得吃，又或者是遭到完全被段不離收服的蘇鐵賞白眼。

而那日之後他也沒有跟段語月再聊過關於凝香的事。他想既然段語月答應他了，就必定會做好，他不想太逼著段語月。他一整年都過來了，再等上幾個月也不怕，只要有一絲機會就好。

而他感覺得到段語月確實在幫他想辦法，為此前些日子段不離還發過脾氣，少見地真的板起臉來罵段語月。段語月也難得反駁了幾句，兩個人關起房門吵了小半天，後來一個下午都在賭氣也沒說上一句話，到了隔天晚上就又和好了。有時候孫少璿覺得他倆相處的感覺，與其說是兄弟不如說是對小夫妻似的。

他猜想是段語月提了什麼主意而段不離不准他做，導致他們那天晚上起連續三餐吃的都是白饅頭加肉湯，還沒有肉。

他怕餓著蘇鐵，只好跟孫子衡帶著蘇鐵去街上覓食，但大概是被段不離的手藝慣壞了，他們吃什麼都總覺得不太好吃。

幸好隔天晚上他們就合好了，桌上總算出現了紅燒鯽魚、栗子燉肉還有烏骨雞湯，再炒了個極嫩的山筍。飯後還有鍋在井裡冰鎮了一個時辰的紅豆湯圓。

段語月食量小，一向每樣菜吃個幾口就飽了，剩下的全進了他們三個餓死鬼肚子裡，晚上只好三個人又出去溜達了一個時辰好幫助消化。

而孫子衡也挺喜歡待在這裡的，至少從他們進了三喜鎮，認識了段語月之後，孫少瑲就一直心情很好。尤其是蘇鐵，不再成天提心吊膽緊盯著孫少瑲不放，像個一般人家的孩子一樣開開心心的。

孫子衡只要他們倆開心，他也就覺得開心。

天氣一熱，段語月的身子也好很多，三不五時就吵著要出門走走，於是他們五個人在街上閒晃就成了日常的光景，久了之後街坊都認得那三個住在喜樂莊的客人。

「小鐵啊，要不要糖葫蘆？今兒個有你最喜歡的酸梨啊。」賣糖葫蘆的小哥見著蘇鐵來了，低頭朝他招呼著。

蘇鐵仰著頭看著滿滿的糖葫蘆馬上口水就要流下來了，孫少璿好笑地遞了個銅錢給那小哥，拍拍蘇鐵的肩。

「自己挑個最喜歡的。」

「謝謝少爺～」蘇鐵笑得心滿意足的，從上面挑了一串最大的糖葫蘆，開開心心地咬著，一轉頭趁著段不離被賣菜大嬸纏住的時候，悄悄扯著段語月的袖子，小小聲開口：「月哥哥要不要咬一口？」

段語月笑著，伸手戳戳他圓圓的臉蛋。

「偷給我吃東西，小心不離晚上只給你菜瓜吃。」

「你要偷吃了東西，連菜瓜也沒得吃。」段不離不曉得什麼時候回過身來說著，蘇鐵連忙躲到孫子衡身後去，惹得段不離一陣好笑。

段語月回頭看見餡餅攤的大叔又在朝他招手，忍不住又想移過去，被段不離一把拉住。

「不准吃。」

「餡餅——」段語月一臉哀怨地被段不離拖走，才一轉身，前面傳來了吵鬧聲，那聲音還熟悉得很。

「滾開！」

「大爺！大俠！大哥！我求求你了！祖宗！」

「求你個鬼！叫我爺爺都沒用！走開！」

段語月一瞧，眼前的人正是他姊夫易天容，而在地上拖著他腿不放的那個人……倒有點面熟。

「不離，那個……是宋捕頭嗎？」段語月疑惑問道。

段不離翻著白眼，扯著段語月就朝另一頭走。

「小月！別走啊！沒瞧見姊夫在這兒啊！」易天容一抬眼就看見段語月站在那兒，趕忙想走過去，可是宋捕頭死命拖住他不放，氣得他想一腳踹下去。要不是怕踹死這把細骨頭，早就踩下去了。

「你到底放不放手！」

「不放！死都不放！除非你答應我！」宋捕頭一臉堅決地拖住他的腿。

「呃……易大哥？你……」孫子衡也有些疑惑地望著他。

段語月好笑地扯了扯一直要走的段不離，回頭幫了易天容一把。

「宋捕頭，有話好說，快起來吧。」

段語月伸手去輕扶著宋捕頭的手臂。宋捕頭一見是段語月也沒轍，跟易天容可以用耍賴的，跟段語月可不行，要是惹惱了段不離可不是好玩的。

宋捕頭一向很會看人眼色，段不離目光一飄過來，他馬上跳了起來。

「不敢不敢，哪敢讓月少爺扶我。」

就算如此，宋捕頭還是讓段不離瞪了一眼，讓他老覺得背涼涼的。

宋捕頭初來鎮上三天就被段不離打折了一隻手，雖說是個誤會，但照易天容的話說是他欠扁。

段語月後來客客氣氣請了他一頓飯，好說歹說地拉著段不離向他道歉。宋捕頭還沒聽過有人能帶著一身殺氣把抱歉說得像找死，但識時務者為俊傑，他也客客氣氣說著是自己欠打，之後他見了段不離就像耗子見了貓似的，有多遠就閃多遠。

「宋捕頭，是有什麼事得讓我姊夫幫忙嗎？」段語月溫和地問。

「唉，還不就最近那幾件命案。」宋捕頭嘆了口氣。

「命案？」段語月眨眨眼睛充滿疑惑，段不離馬上狠瞪了宋捕頭一眼。

「這是能在大街上說的事嗎？」

宋捕頭縮了一下，一臉委屈地說道：「我這不也是完全沒法子了，才來求易大俠的嗎？」

說來易天容確實常常幫著宋捕頭辦案。北宜城不算是大城，三喜鎮更是個小鎮，不過是個樸實的鄉下地方，鮮少江湖人在這裡走動，宋捕頭宋小冉卻是從京裡來的。曾在京裡辦案的捕頭卻落到這麼一個小鎮上，也是有一番遭遇的。據說宋小冉在京裡辦過幾件大案，但是能人遭嫉，最後被找了個隨便理由就被流放到這個小鎮來了。

這還是柳州知府打聽來的，一聽到有這麼個能幹的捕頭要到北宜城來，清早就鄭重在城門口相迎，一心等著個雄壯威武的大俠，卻沒想到來的是個骨瘦如柴嘻皮笑臉的年輕小夥子，甚至連功夫都不太好。但人迎也迎來了，柳州知府最後也沒把人留在府衙內，只打發去三喜鎮上的小縣衙當班，宋小冉也樂得清閒，成天在三喜鎮裡頭溜達。

但他畢竟是在京裡長大，混過幾年江湖再回去當差的，他在三喜鎮上一眼就認出易天容，再怎麼沒眼識，行走過江湖的人怎麼可能不認得那個只愛美人不愛權勢的前任武林盟主？之後宋捕頭就纏上易天容了，遇到想不通辦不透的案子就嘻皮笑臉纏上去。

易天容是個豪爽個性，能幫的他也盡量幫，反正待在家裡，他夫人白日裡盡在看診，他消失了大半天再回來站在她身後，她還沒發覺他出去過，不如出去閒晃。

「姊夫，你不是也常常幫著宋捕頭的嗎？」段語月望著易天容問。

「幫要有個限度！」易天容氣呼呼地說：「這傢伙沒心沒肺的，成天就想著陷害我！」

「天地良心啊祖宗，我這也不過讓您幫我探問一下而已。」宋小冉連聲喊冤。

「探問你個鬼！」易天容惡狠狠罵道：「你這個沒用的東西，這麼點小事都探問不出來，要你這捕頭有什麼用！」

段語月苦笑著，扯了扯易天容的衣袖：「姊夫，罵太過了，別讓宋捕頭難看。」

「不不不，不難看，我就是個沒用的東西，祖宗您幫幫我吧。」宋小冉連連搖頭，又扯上了易天容的袖子，氣得易天容抬腳踹他。

「你這沒用的東西！」

「祖宗啊！我就讓您跑趟迎春院，用得著這麼大勁啊！」

宋小冉被他踹了一下直喊疼，易天容氣得又補了一腳。

「迎春院我還去得了嗎？你個害死人不償命的傢伙！老子沒腦才幫你忙。」

段語月倒也不曉得宋捕頭是這種個性，一時之間也無語了。不過聽見迎春院，倒也知道他姊夫為何打死不去，只好望向段不離。

段不離翻了翻白眼，想叫段語月別理他們，但是也知道他的個性，有點無奈地轉過頭去。正想開口的時候，望見了站在一邊的孫子衡。

孫子衡正站在那裡像看戲一樣，冷不防被段不離睨了一眼，有種好像被算計似的感覺，只見段不離對著宋捕頭開口：

「宋小冉，你要找人去逛窯子也找個沒成家的，鎮上誰不曉得這傢伙是我們大小姐的夫君，更何況哪個窯子不好逛，你非得找迎春院。這事沒得說，你想要人幫，就找別人吧。」

段不離說完，還瞥了孫子衡一眼。易天容會意過來，馬上一把將孫子衡推出去。

「對對對，這個沒成家，住在窯子裡都沒事兒。」

孫子衡欲哭無淚：「大哥，你說這什麼胡話？」

「什麼是窯子啊？」蘇鐵咬著糖葫蘆，一臉疑惑地仰著臉看著眾人，一雙大眼睛眨呀眨的，一時之間全部人都安靜下來。

宋小冉也見過這孩子幾次，笑咪咪蹲到他跟前。

「這個窯子嘛，就是給……」

話沒說完就被段不離踹到一邊去：「要你多話！」

孫少璿好笑地摸摸蘇鐵的頭：「就是小孩子不能去的地方，跟月哥哥逛街，別亂跑。」

蘇鐵也搞不懂什麼樣的地方小孩子不能去，只茫然地點點頭。

孫少璿拍拍孫子衡的肩就朝前走，笑道：「走，我們逛窯子去，我還沒進過窯子呢。」

「呃……」孫子衡怔了一下，苦笑著追上：「別亂來，那種地方哪是你去的？」

宋小冉一聽他們倆要去，馬上跳了起來。雖然他不曉得這兩位少爺是什麼來頭，但光是看魏從忠三天兩頭就上喜樂莊拜訪的模樣，肯定來頭不小，馬上喜孜孜跟在後頭解說去了。

段語月見孫少璿他們去了，興致盎然地也想跟去。

「那我也……」

段不離一把抓住他給扯了回來，挑起眉來睨著他：「也怎樣？」

「也……也去看看那個名歌妓柳霜霜，聽說她小曲兒唱得好呢。」段語月眨眨眼睛，還望了易天容一眼。

易天容苦笑著：「小月你別盡酸我了，你這是要我往後見著姑娘受難，還得先逼對方立毒咒絕對不想嫁給我才能救呀？」

段語月見他一臉委屈，忍不住笑了起來。

「姊夫，我說笑的，瞧你緊張的，是發生什麼事了？」

易天容也無奈，幫忙牽著小鐵，跟他們倆說起了最近發生的事。

說來也奇怪，從湖水抽乾之後，這天就沒下過雨了，但也才一、兩個月沒雨，沒什麼人真的放在心上。不過填了湖又沒下雨，鎮裡卻出現一具溺死的屍體就非常奇怪了。

這具屍首並不是本地人，宋小冉還在查驗身分的時候，又出現了第二具屍體，加上原本湖裡撈起來的那些，忙得他連吃飯的時間都沒有。等到出現第三具屍體的時候，他幾乎想跳湖算了。

這種時候再怎麼小心，也擋不住閒言閒語，慢慢地「龍神生氣所以淹死人」的說法又開始傳出來了。

就在他死盯著這三具屍首束手無策的時候，街上賣胭脂水粉的江小哥兒陪著表姑來認湖裡屍首，他一見那三具屍首就愣了一下。

宋小冉也算是機伶的，馬上問江小哥兒是不是見過這三個人。

這江小哥兒每天都挑著擔子進迎春樓給姑娘們挑貨，等著姑娘們試貨的時候，他就坐在一旁喝喝茶，看看大堂的有錢公子哥兒，跟窯姊兒們調笑幾句。

江小哥兒是做生意的，認人相當在行，雖然那三具屍首都泡得白了，他還是認得裡頭兩個人是他在迎春樓見過的，而且剛巧不巧都是從柳霜霜的閣樓出來的。

三個裡頭有兩個是柳霜霜的客人，那就不算是個巧合了。宋小冉上門去見了柳霜霜，請教她關於那兩名客人的事，一說起面貌特徵，柳霜霜很大方地承認了那三個都是

台湾角川
NOT FOR SALE
《喜樂莊 案卷一・真龍天子》
©Shiwu 2013 Illustration：阿亞亞

她的客人。

宋小冉詳細問了那三個客人的事，柳霜霜也只溫溫柔柔地笑著說，都進來聽曲兒的，聽完就走了。

他還想再細問，迎春院的媽媽一搖一擺走進來，皮笑肉不笑地問他是不是要上酒再叫幾個姑娘來陪。

宋小冉知道她在趕人也只得乾笑。柳霜霜一臉無辜的樣子，他也問不出個什麼，再待下去只怕給人說是來佔便宜的，只好摸摸鼻子走人。

但除了這三人都去過迎春院找過柳霜霜以外，還真找不出個共同點。宋小冉最後只好再跑一趟迎春院，但這回連柳霜霜的面都沒見到，媽媽讓幾個姑娘纏著他扯他進房，他只好跳窗逃走。

這下完全沒轍了，正在苦惱的時候他想起易天容。

這柳霜霜本是北宜城裡富商的女兒，因為家道中落被不肖弟弟賣給一隊馬賊，剛好被路過的易天容給救了。

柳霜霜無家可歸，易天容便幫她在鎮上的舖子裡找了份看帳的工作。她對易天容是一見傾心又滿懷感激，打聽之下發現易天容是神醫段曉蝶的夫君，當下心碎不已，最後竟跪在廣生堂前求段曉蝶容她，她願做小伺候她一輩子。

這下嚇壞了易天容，據說跟夫人解釋了三天三夜也沒解釋清楚。

而當時段曉蝶只是帶著溫婉的笑容，走出藥堂親手把柳霜霜扶了起來，說很感謝她的心意，但易天容娶她的時候發過誓，若今生除她有第二個女人便自絕於市，所以今日不是他死就是她走。

段曉蝶這麼說的時候，那一臉溫柔還帶點歉意的笑容讓柳霜霜愣了很久，最後望向一臉黑得快要冒火的易天容，柳霜霜低著頭走了，這一走就直走進了迎春院。

也不少人說原來段曉蝶是個不能容人的妒婦，活活把一個好女子逼進妓院。

但她還是每天一張溫溫柔柔的笑臉坐在廣生堂行醫救人，閒話只傳了兩、三天便沒有人再說過了。畢竟三喜鎮大大小小誰沒給段曉蝶把過脈，誰沒抓過廣生堂的藥。

只可憐易天容睡了一個月的藥堂，三個月進不得喜樂莊，每走近必被段不離打出來，導致他聽到迎春院就怕。

「姊夫，你說屍體都是淹死的？」段語月微擰著眉問道。

「是啊，我去看過屍體，三個都是淹死的，杵作說沒有外傷，肺一切開全都是水。」

易天容也覺得奇怪。

「本來想過會不會是井裡淹死的，但這兩個月都沒下過雨，每天都有人在井邊打水，怎麼可能有人掉井裡淹死了不曉得的。」

「屍體都哪裡發現的？」段語月問道。

「都在鎮口，林子邊發現的。」易天容指指遠方那座小山丘。

「淹死的……」

段語月皺起眉想了好半晌，最後還是易天容開口說道：

「別想了，讓子衡他們幫幫忙也好，省得他倆待在鎮上無聊。你要找的姑娘我昨兒個找到了一個，你要來瞧瞧嗎？」

段語月回過神來：「在哪兒？」

「在廣生堂裡呀，妳姊姊說下午給她把脈，這會兒還在呢！要不是宋小冉纏著我，我就要去找你了。」易天容無奈地說。

「那就走吧。」段語月笑著，心想著希望這個可以成。

易天容也不曉得段語月要找這些姑娘做什麼。上個月段語月就拜託他，讓他找些痴傻的姑娘，若找著就送他姊姊那裡看看能不能治。一個月下來也找到了兩、三個傻丫頭，倒也治好了一個；另兩個段語月擺在院子裡好吃好喝地餵了一個晚上，看了一、兩個時辰，最後都搖搖頭讓人送回去了。

易天容也不曉得他在找什麼，不過反正段語月要的話，他幫著找就好了。

於是易天容拉著小鐵，和段語月、段不離邊走邊聊，慢慢走回了廣生堂。

⚘

孫少璿興致勃勃走往迎春院的路上，半路就遇見了正打算去拜訪他們的魏從忠。

「二爺。」魏從忠朝孫少璿拱手為禮，朝孫子衡點點頭，這才注意到宋小冉，便也招呼了句：「宋捕頭。」

「魏副將軍。」宋小冉連忙見了個禮，心裡直好奇這孫家兄弟倆的身分到底為何。

「魏副將軍不用客氣。」孫少璿只笑著擺了擺手：「今兒個有事嗎？」

「奉家父之命來向二爺請安。」魏從忠老實地說：「最近鎮上諸多疑案，家父命我隨侍在二爺身邊，一切安全為上。」

宋小冉個性也算精明的，魏從忠來了之後，他就放慢了腳步跟在後頭。聽魏從忠這麼一說，這孫家二少爺必定是王公貴族才能讓魏承澤這般上心。

「代我謝過魏將軍，不過有我七弟跟著，還能有什麼事，請魏將軍不必為我擔心。」

孫少璿只是笑著，想想又接著說：

「不過如果魏副將軍恰巧無事的話，我們正要去迎春樓，不如同行吧。」

「是。」魏從忠僅一愣，但也沒多做反應，點頭應了。

孫子衡苦笑著，魏從忠就是個老實忠勇的性子。

「少璿，你怎麼能叫魏二哥一起去那種地方呢？」

孫子衡的父親——六王爺公孫皓，跟魏承澤算有同門之誼，都讓同一個師傅教導過，因此交情甚好。魏家兩兄弟都比孫子衡大，因此他遇見魏家兩兄弟仍然稱聲魏大哥與魏二哥。

「我無妨的，宋捕頭跟著，肯定是要查案的吧？」魏從忠回頭望向宋小冉。

「是是。」宋小冉連忙跟上：「不過是想請兩位公子密訪一下的，我就不方便跟進去了。」

「密訪？」

宋小冉又把狀況再講述了一次，魏從忠只是老實，倒不是笨，想想就開口問：「既是密訪，我要跟著二爺，豈不壞了二爺的事？」

宋小冉暗自吁了口氣，心想幸好這副將軍腦子還算靈活。

孫少璿笑著說：「不如這樣吧，我們兵分兩路，宋捕頭跟魏副將軍一起，以查案的名義走一趟，我跟子衡指名那位柳小姐做陪，這樣有個聲東擊西的效果，他們防著你們，便不會防我們了。」

魏從忠想了想，覺得這樣也好，雖不是同行，但至少他也在場。

「那就依二爺吧。」

孫子衡倒沒什麼意見，見孫少璿還挺有興致的，也就隨他高興。

他們讓魏從忠和宋小冉先行，趁著他們纏著迎春院媽媽問話的時候，孫子衡掏出一錠亮晃晃的銀子，直接就被帶上了二樓柳霜霜的琴閣。

柳霜霜的琴閣就在面對大廳的二樓上，四面垂著粉色紗廉，在一樓的客人都可以看見紗縵之內柳霜霜娉婷的身影，大堂進風的時候，偶爾還看得見她絕美的容顏。若是來客想擺顯，也會拉開紗縵讓下頭的客人遠遠望著柳霜霜的笑容。

孫少璿跟孫子衡被領進琴閣坐下，兩個漂亮的小丫頭隨即送來了上好的香茗，細心問了他們怎麼稱呼、哪裡人氏、吃食有什麼禁忌，孫子衡只隨意答了。

「茶還不錯。」孫少璿品了口茶，伸手撩開紗縵低頭看卜去，宋小冉跟魏從忠還在廳裡跟媽媽問話。

等了約一刻鐘，一個小丫頭才笑盈盈地說柳霜霜來了。

孫少璿只笑了笑沒什麼在意，孫子衡想這應該是對待新客的規矩，等越久便會越心急，期待就越大，這柳霜霜必定對自己十分有自信才敢這麼做。

不一會兒，他們聽見樓下的騷動，抬眼一看，從迴廊的另一頭，兩個丫鬟捧著香爐，柳霜霜隨後跟著，慢慢從迴廊走了過來。

孫少璿倒覺得這經營迎春院的人真有些頭腦，每日光是為了見她的身影從迴廊走過，就不知有多少人在下頭等著了。

那兩個丫鬟撩開紗縵，柳霜霜帶著笑容微微地一福：「二爺，七爺。」

孫少璿抬頭望了一眼，倒真的是個難得的美人，儀態大方有禮，一雙眸子帶著流轉的眼波十足媚人。

但說到美人他也見多了。宮裡多得是美人，尤其是侍候他皇兄的，眾大臣擔心他遲遲不立后，不停往宮裡送美人，想至少立個貴人也好。因此對他來說，柳霜霜不過就是還算可以的容貌。

孫子衡則一向對美人沒什麼興趣，對他來說美人就是禍水，能少一個就少一個。

柳霜霜盈盈一禮之後坐下，馬上就發覺這兩個貴客絕對是真的貴客。

很少有人見了她沒有顯現出痴迷跟驚豔的神情，那通常表示那人心有所屬，而且專情。

還有一種就是看慣美人，而且唾手可得的。

當然也有第三種，就是不喜歡女人的男人。

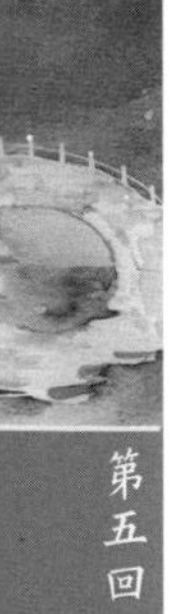

柳霜霜畢竟見多了客人，馬上收起一身媚態，擺出溫柔的笑容，親手為他倆倒茶。

「兩位爺，可要上酒？」

「不了，妳的茶好。」孫少瑢笑著，聞著茶葉的香氣。「聽說柳姑娘的曲子唱得好，可否為我唱一曲？」

「當然。」柳霜霜笑著，拉著裙襬起身，馬上琴師就低頭進來，坐下開始撫琴。

底下的客人一聽見琴聲，馬上就安靜了下來，那表示柳霜霜要唱曲兒了。

柳霜霜的歌聲真有如黃鶯出谷，嗓音清亮，曲調婉轉無比動人，連孫子衡也覺得她的歌聲甚美。

孫少瑢想起凝香以前也愛聽小曲兒，常常央著皇兄找歌姬在御花園裡專給她唱曲兒。凝香興起也拉著歌姬學唱幾個小調，被皇兄笑說不合禮數，哪有公主在唱曲兒的，但她還是興沖沖地學著，待夜深人靜的時候，就唱給他一個人聽。他總笑著聽她唱，待她唱完便拿蜜餞果子當銀子賞她，若覺得她唱得不好，就拿她最討厭的花生核果扔她，總氣得她一臉紅豔豔的。

「二爺不喜歡？」

探查的陌生女人面前，一時之間也不確定他是真心的還是演的。

「二爺是深情之人，或許也不必忘了她，就惦著她一輩子又何妨？作為女人也不過就圖個男人惦著自己到死吧，但能有幸讓一個男人這樣惦著的女人又有多少？大多也不過就尋個最安全的靠著了。」

柳霜霜的笑容也顯得有些哀悽。

孫子衡一時之間也不確定自己該不該插話，只低頭喝茶。就在覺得好像該說些什麼的時候，樓下喧譁了起來。

孫少璿撥開紗簾往下望去，一個十四、五歲的小姑娘被帶到大廳中間的檯前坐著，低著頭模樣乖巧，一動也不動地坐著。兩個保鏢站在她身邊，許多客人走過來瞧個幾眼，想伸手碰她的都被保鏢給擋回去了。

迎春院的媽媽已經甩開了宋小冉，走到那小姑娘身邊扠著腰吆喝著：

「只准看，別給我伸手，想碰的就給我出價！丫頭是身家清白的好姑娘，機會只有一次，一兩起價，價高者得，出價吧！」

下頭來客喊著二兩、三兩的，開始扯著喉嚨喊著。

柳霜霜見孫少璿皺了眉頭，幽幽開口：

「那姑娘是個可憐孩子，父母早亡，腦子是傻的，不會說話不會認人，見人就笑，給她什麼吃什麼，乖巧得不得了。好好的清白丫頭，卻被狠心的大嫂給賣到這兒來，現下喊的價就是她的清白了。」

孫子衡也皺起眉：「這不是拐賣嗎？」

柳霜霜笑了起來：「七爺好心，但她父母不在了，兄長只聽妻子的，算是做主賣了她，有誰能說什麼呢？況且我們媽媽還讓人好好餵她吃飯，好吃好喝地餵著，怎麼也好過她嫂嫂每日只餵她一餐，就淨吃些殘羹和半個硬餅子。」

孫少璿望著那小姑娘，只覺不忍再看，正想放下手的時候，樓下那一動也不動的小姑娘卻突然動了。她抬起頭來望向二樓，正朝著他的位置望了一眼。

孫少璿和她對望了一眼，卻如同雷擊般震驚。他馬上站了起來，但那姑娘卻又乖乖把頭低下，動也不動地坐著，任人為她喊價。

「二爺？」柳霜霜見他突然站起來，嚇了一跳地問著：「可是霜霜說錯了什麼？」

「我能看看那個姑娘嗎？」孫少璿回頭望著柳霜霜問。

「少璿？」孫子衡也不解地望著他。

柳霜霜只愣了一下，馬上轉頭喚著她的侍女，小聲說了幾句話，侍女馬上轉頭跑下樓去。

「請二爺稍候。」柳霜霜溫柔笑著。

「謝謝。」孫少璿也發覺自己有些失態，只坐了回去，朝孫子衡示意他沒事。

不一會兒，侍女牽著那個姑娘上樓來，樓下的喊價仍然在繼續。

侍女把那個小姑娘牽進琴閣，柳霜霜起身，攬著她的肩把她帶進來，溫和地開口：

「阿伶乖，給二爺看看就好。」

柳霜霜讓她站在孫少璿面前，那小姑娘似乎真是個傻子，愣愣地站在那裡好一會兒，轉了轉眼珠子，看見孫少璿在看她，傻傻地笑了起來。

眉眼很是清秀，就是瘦了點，臉上神情恍恍惚惚的，時而傻笑時而低頭面無神情。

孫少璿完全找不到剛才她抬眼那一瞬間那水靈靈的目光，那種柔情的眼神、哀悽的神情。

就像凝香。

那像極了凝香。

孫子衡也看了看，就是個傻姑娘，但孫少璿卻一臉嚴肅直盯著那姑娘看。

「少璿？」

孫少璿回過神來，聽見樓下已經喊到十二兩，他側頭望向柳霜霜：

「我要替這姑娘贖身，請柳小姐為我說個價吧。」

孫子衡被他嚇了一跳，趕緊開口：「少璿？帶著這姑娘我們怎麼走？」

「……我沒說要帶她走，可以託給廣生堂照顧，不過就是個小姑娘，說不定能在廣生堂治好，也可以給段大夫幫個忙。」孫少璿倒也想了一下才回答。

他其實也只是脫口而出，不管這姑娘方才跟她對上的那一眼是什麼原因，無論如何他不會放著一個讓他想到凝香的姑娘就這麼留在妓院被糟蹋。

柳霜霜的笑容很是欣慰，卻也有點哀傷。

「這真是阿伶的福氣，迎春院裡不知道有多少姑娘盼著有這種運氣卻盼不到。」

孫少璿也只淡淡笑著：「這姑娘眉目之間有些像我妻子，我是斷不會把她留在這裡的，就請柳姑娘為我跟媽媽說個價吧。」

「二爺有心，這點事霜霜還能辦到。」柳霜霜笑著起身，真的親手牽著那叫阿伶的姑娘下樓，樓下的客人見柳霜霜親自下樓來都哄鬧了起來。

孫子衡也有些無奈，湊過去小聲問：「少璿，你要那姑娘幹嘛？」

「她剛剛……看了我一眼……」孫少璿其實也不確定，他只是想弄清楚剛剛是怎麼回事。「回去問了小月，也許就能知道吧……」

孫子衡更是一頭霧水，而樓下因為柳霜霜帶笑穿過大堂而喧譁成一片。她只是低聲跟急忙迎過來的媽媽低聲說了幾句話，一來一往像是真在說價。最後媽媽才點點頭，而柳霜霜抬頭望著二樓的孫少璿，露出個溫溫柔柔的笑容，朝他頷首。

孫少璿也回以微笑，輕聲對著孫子衡開口：「這姑娘還挺有情義。」

「你覺得她跟那些案子無關？」孫子衡喝了口茶。

「相反，一定有關。」孫少璿笑著回來坐下。

「喔？」孫子衡倒覺得有些好笑。

「她太聰明了，這麼聰明的女人，得不到心愛的男人，被逼進了妓院，不會只甘願做個歌妓的。」孫少璿看著她又牽著那小姑娘，緩緩上了樓，朝琴閣而來。

孫子衡也這麼想，但他只是笑笑：「是啊，但現下我想我們應該問不出什麼了。」

孫少璿也這麼覺得，但看著那個傻傻的姑娘，又覺得好像也沒差，反正案子也不是他們倆的，要苦惱也是宋小冉的事。

孫少璿只是笑著，為走回來的柳霜霜親手倒了杯茶，想著一會兒要怎麼把這個小姑娘給帶回喜樂莊。

就算已經過了十來年這樣的日子，但說實在的，段不離還是有點厭煩半夜總有些東西站在院子裡等他。

尤其這已經是這幾天來第五個了。他從廚房提了燒火棍，本想趕走就算了，但走進院裡一瞧，卻怔了怔地放下燒火棍。

「是……阿錦？」段不離有些遲疑地問。

一個濕淋淋的人一臉茫然站在院子中央，聽見段不離喚他，回過身來朝他咧開笑容：「段哥，是阿錦。」

段不離輕嘆了口氣，在院裡坐了下來，輕聲開口問：「你去哪兒了？你娘跟弟弟找你找得都快瘋了。」

「我不記得了……」這麼一問，阿錦茫然地在院子裡左右看著：「我好久沒來喜樂莊了。」

「是啊，你走了兩年了，記得嗎？」段不離溫和地望著他。

這吳錦跟段家比鄰而居有十年了，吳家大嬸是個寡婦，養著一對雙胞兄弟，平日就在喜樂莊幫忙掙點錢，直到兩兄弟在城裡有了工作，養得起老媽媽之後才將吳大嬸接到城裡去。這也才前三年的事。

吳家兄弟只比段不離小上兩歲，初見時成天打架，打了幾次也算服了段不離，這才成了朋友。段不離忙著照顧段語月的時候，兄弟倆就幫著段家老爺做點事賺點零花，兩家算是十分熟識。兩年前吳錦的弟弟吳懷來找過段不離，說他哥哥出去做生意就沒有回來了，段不離還幫著吳懷找了好一陣子。但畢竟他不能在外面待太久，吳懷也知道這點，便也沒繼續讓他幫忙，回城裡報了官，但之後就再也沒人見著吳錦了。前些日子湖裡屍首全被起出來之後，開放認領屍首，吳家大嬸抱著最壞的打算前去認屍，卻真的認出了吳錦的屍首，當場痛哭失聲，之後就倒下了。

「兩年……我離家這麼久了嗎……」吳錦在院裡來回走著：「我為什麼要離開這麼久……」

「你去談筆生意記得嗎？」段不離又問道：「說是要去貴州。」

吳錦抱頭苦思，怎麼也想不起來，最後段不離只嘆了口氣：

「算了，不記得就別想了，你想回家嗎？我送你回家。」

「家……娘……我娘……」

吳錦嘴裡唸著，段不離還想開口的時候，聽見蘇鐵的腳步聲叭噠叭達地跑進來。

「段哥哥～」蘇鐵喚著他，明明聽見他的聲音，跑進院來卻見他一個人坐在裡頭，小小的身子僵了一下。

孫子衡跟在蘇鐵身後，走進院中一看，疑惑地問：「你在跟誰說話啊？」

蘇鐵保持著原樣退後了兩步，扯著孫子衡：「我、我等下再來。」

「啊？可是我要叫不離看那個……」孫子衡話沒說完就被蘇鐵給扯出去了。

「等下再看啦！」

蘇鐵自從見過魚頭人之後就謹記著，只要看見段不離在廚房以外的地方提著燒火棍，不管怎樣先跑再說。

段不離好笑地望著逃走的蘇鐵，回頭看見吳錦又嘆了口氣：「想回家嗎？阿錦。」

吳錦這回點點頭：「想……我想回家。」

「跟著我。」段不離溫和地開口，朝門邊走了兩步，只見吳錦慢慢轉身，跟在段不離身後，一步一步跟著。

段不離扛著燒火棍，先走到屋裡找到了段語月，給他套上外袍。段語月什麼也沒問，安靜地穿上外衣，跟著段不離出去，見著吳錦朝他溫和地笑笑。

「錦哥。」

「小月……」吳錦笑著，走向段語月。

段語月帶著笑容，走上前輕輕拍了下吳錦的左肩，做了個抓的動作，像是從肩頭抓下了什麼，仰著頭溫柔望著他。

「錦哥，回家了。」

「回家。」吳錦點點頭，安靜跟在段語月身後。

段語月挨在段不離身邊，在深夜裡像是散步般地慢慢行走，很慢很慢行走，吳錦一路無言地拖著腳步跟著。

「冷嗎？」段不離輕聲問道。

段語月搖搖頭，讓段不離扶著他的肩行走，好一會兒才小小聲地問：「這幾天來過幾個了？」

段不離撇撇嘴角：「阿錦是第五個。」

段語月抬頭望著他：「若來的不是錦哥，你就又打發走了。」

「那又不歸我們管，你就是管太多這些神神鬼鬼的事才會身子越發不好。」段不離極其不滿地說。

段語月無奈地說：「你明知道我身子不好是因為我魂魄不定，要能定魂我肯定就沒事了。」

「那就等你定得了魂之後再說，到時候你想管多少閒事我都不問。」段不離用著沒得商量的語氣開口。

段語月也只能輕嘆了口氣。自從填湖之後，諸多屍體被撈了出來，尤其是被謀害棄屍的居然高達三十二個，而淹死在湖裡的就更不用說了。只是不知這些淹死在湖底的究竟是失足滑落抑或是被推落湖裡。

從吳錦的屍首被撈出來後，段語月就一直覺得心神不寧，他跟本地縣衙的老杵作胡大叔還算熟悉，特地帶了壺酒去拜訪他，問了吳錦是怎麼死的。胡大叔說是淹死的，但是卻不是淹死在三喜湖裡。

三喜湖邊種了幾棵百年老榕樹，時節一到湖面上就滿是榕樹子，真淹死在湖裡的，多少可以從胃裡掏出些樹子；而前陣子離奇溺水的那三具屍首也是嘴裡都沒有半顆樹子，胃裡跟肺裡的積水倒有幾片桃花瓣。

這就肯定這些人都不是死在三喜鎮裡的，因為三喜鎮裡沒有桃花樹，但是鎮外一里路程後就沿路都是桃花樹了。

說來掉進三喜湖裡的東西只沉不浮也就是因為湖底鎮了座大神，以至於不管是什麼東西進了湖就都歸祂。那日要不是孫少璿在場，段語月央著他寫了個「放」字，託了這真龍天子的面子，才讓祂放了手。

段語月有點憂慮，一是為了那些淹死的屍首，二是為了天氣乾旱，他只希望現在的不安只是一種杞人憂天而已。

段不離知道他在想什麼，只是輕撫著他的肩，淡淡地開口：

「別想那麼多了，你一個人能管得了多少事？顧好自己就行了。」

段語月沒有回答，只是緊緊握著右手，慢慢依偎著段不離朝城裡走。

好一陣子才走到吳家，段不離輕聲問：「撐得住嗎？」

「嗯，沒事的。」段語月笑著，月光下的臉蛋顯得晶瑩白皙，段不離伸手撫上他的臉，微涼的臉頰像塊溫玉似地冰涼細滑。

「臉都涼著了，別回去又燒起來。」段不離微嘆了口氣。

段語月笑著蹭了蹭他的手：「這不就表示還沒燒起來嗎？」

段不離也只一臉無奈地放下手，轉身走去敲門。

不一會兒有人來開門，應門的正是吳錦的弟弟吳懷，看見段不離愣了一下。

「段哥？怎麼了，這麼晚？」

段不離朝他點點頭，回身去扶著段語月朝前走了兩步，段語月輕聲開口招呼：「懷

哥。」

「小月，這麼晚了……」吳懷話沒說完就停了下來。他跟段家比鄰而居有十年了，他當然知道什麼事能讓段語月在這麼深的夜裡出門。

段語月沒有解釋，只是問著：「大娘在嗎？」

吳懷馬上點點頭，連忙退開想讓段語月進來，回身大叫著：「娘！娘快出來，小月來了！」

吳大嬸比吳懷更懂段家人，一聽吳懷的叫喚，馬上跌跌撞撞連忙從內堂衝出來。吳懷怕他娘摔著，趕忙去扶著她。

吳大嬸顫抖著走到門邊，看著門外等著她的段語月，眼淚已經掉了下來。

「小月……」

「大娘，我送錦哥回來。」段語月帶著哀傷的神情和淡淡的笑容。

吳大嬸抹著眼淚說不出話來，她一接到屍首就馬上請人來招魂，但也不知道是不是日子過太久，招了好些日子也沒招到魂，最後請來的道士說吳錦應該已經被送走了。

她其實不相信，她為人母親，自己的孩子是不是還在世間遊蕩，她感覺得到，但道士不肯再招魂，她也沒辦法。吳懷見她就是放不下心，本想上段家求助，但一問之下才知道段修平出了遠門。他們母子都曉得段語月身子不好，她也不想打擾他，於是母子倆商量了下，最後含著淚辦完了喪事，卻沒想到段語月卻把吳錦的魂魄給送回來了。

段語月望著吳大嬸溫聲開口：「大娘，叫錦哥的名字，喊他進門。」

「錦兒……錦兒，快……快進門……快回家了……」吳大嬸喊著，已經泣不成聲。

吳懷也淚流滿面地喚著：「哥，快進門吧，我跟娘等你好久了。」

段語月回頭望著吳錦：「錦哥，回家了。」

說完段語月鬆開一直緊握著的右手，他移開一小步，看著吳錦越過他，慢慢走向前去，一步一步的，慢慢走進他的家門。

「回家了……娘，弟弟，我回來了……」

吳大嬸跟吳懷都能感覺到一股陰冷的風從屋外掃了進來，在屋裡繞了幾圈，母子倆都聽到了腳步聲，拖著腳步，很慢地一步步走向廳裡供著的牌位。

雖然腳步聲很輕、很緩慢，但吳大嬸還是認得出那是她長子吳錦的腳步聲，她放聲大哭著：「錦兒，我的錦兒……你讓娘好等……」

「哥，你終於回來了……」吳懷只是扶著他娘，淚流不止。

段語月眼眶微紅，段不離只是輕撫著他的背，替吳家關上大門，摟著段語月的肩。

「回去吧。」

「嗯。」段語月點點頭，又從來時的路走回去。深夜的風涼得透骨，段不離停下腳步，替他攏緊衣襟。

「不離。」

「嗯？」

段不離只應了聲，拉好他的衣服，又帶著他繼續走。

「這件事不能不管。」段語月的語調很輕，但語氣很堅決。

「嗯。」段不離也沒有反對，段語月這麼說的時候，心裡是怎麼想的他一清二楚，與其阻止他，不如快點把這事弄清楚。況且吳家兄弟是跟他們一塊兒長大的，就算他再怎麼不想管閒事，也沒辦法無視吳錦的慘死。

段語月的嘴角悄悄朝上彎著，他們一路上安靜無語，踏著月光走回喜樂莊。

第六回　冥府作客

那天之後，段語月就又病倒了。

孫少璿來探望過兩次，見他燒得一臉通紅，睡得不省人事也沒敢打擾。

段語月一病，段不離就陰沉了起來，孫少璿也只敢在段語月房門口遠遠探望著就離開了。

結果他帶回來的姑娘反而沒機會讓段語月見上，留著一個小姑娘在全是男人的喜樂莊裡也不好，就跟孫子衡商量把那個小姑娘送到廣生堂去。

孫少璿讓蘇鐵牽著她，跟在他們後頭慢慢走，最後在廣生堂前碰到了正在跟易天容談話的宋小冉。

「宋捕頭。」孫子衡打了聲招呼，又望向易天容。「大哥。」

宋小冉見他們來了，相當有禮貌地招呼著：「二爺，七爺。」

「易叔叔。」蘇鐵瞧見易天容，乖巧地叫喚著。

易天容苦笑了一下，他不太明白為什麼年紀明明沒差上多少，其他人是哥哥為什麼他是叔叔，不過跟個小孩子計較這種事也沒有意義，只好摸摸蘇鐵的頭當作打招呼。目光移向蘇鐵牽著的那個小姑娘，打趣似地望著孫少瑢。

「這就是你從迎春院裡贖回來的丫頭？」

孫少瑢笑著回答：「是，她叫宋伶，我想讓段大夫給她看看。」

易天容也聽宋小冉說起前一天的事，知道這丫頭是個傻的，招手讓藥堂的姑娘來把宋伶給帶進去。

宋伶不會認人，一直都很乖巧聽話，讓藥堂裡的人牽著就進去了。姑娘們看見蘇鐵，就順手把他也給拎進去。

孫少瑢其實也花了點時間跟她相處，坐在桌前跟她說話，朝她笑一笑，但這姑娘卻再也沒有反應，只是傻傻坐著，蘇鐵餵她就吃，讓她坐就坐，叫她睡就睡，就像個人偶般聽話。但一個姑娘家總得梳洗乾淨，雖然蘇鐵還是個孩子，總是個男孩子，最多讓他幫著給她擦擦臉擦擦手的，說實在的放個大姑娘在那裡確實是個麻煩。

易天容大概也看出他的困擾，加上他知道段語月病了，於是好心開口道：

「我看你把這丫頭寄在廣生堂幾天吧，廣生堂裡只有女人，照顧你那丫頭不是什麼

問題，也省得你麻煩。」

孫少璿鬆了口氣，笑道：「不瞞易兄弟，我正有此意，只是擔心麻煩了廣生堂的姑娘們。」

易天容笑道：「不過是個小丫頭，能麻煩什麼？就留著吧，看看我娘子能不能給她治好，要治得好，你留在身邊當個丫鬟，也算是她的福氣了。」

孫少璿淡淡笑著：「相信我，把她留在這裡過一般人的生活才叫福氣。」

易天容挑了挑眉，卻也沒說什麼。

「那就先看看能不能治好吧。」

「多謝易兄弟幫忙了。」孫少璿朝他道謝。

「小事。」易天容搖搖頭，倒是突然想起：「回頭幫我把給小月的藥帶回去吧，他只要一生病，不離就不講理得很，我去三回有兩回都被罵出來。」

孫少璿倒也挺能理解地點頭答應，側頭注意到宋小冉安靜站在一旁，有些抱歉地笑道：「倒是擾了宋捕頭跟易兄弟商量事情了。」

「沒什麼沒什麼，就討論一下案情而已。」宋小冉連忙搖頭。

孫子衡也覺得有些不好意思：「那日也沒幫上忙，希望沒給宋捕頭惹麻煩。」

「沒的事，那日多虧兩位，迎春院裡的人都沒心思答理我，倒讓我逮著個姑娘問到點消息。」宋小冉笑嘻嘻回答。

「喔？案情有進展？」孫少璿好奇問道。

「有些。」宋小冉說道：「那姑娘是柳霜霜貼身侍女，我跟她閒聊了會兒，她說柳霜霜喜歡接過路的商客，特別啊……是有成家的，那三具屍首就都是過路商客，成了家的，都是柳霜霜指定要接的。」

宋小冉講到句尾壓低了聲量，孫少璿挑起眉好笑地說：「作為一個歌妓，她還能挑客的？」

「別人當然不行，但她可是柳霜霜，每天等著見她的客人都可以繞城一圈了。」

宋小冉誇張地比劃著。

「二爺、七爺一看就曉得身家不凡，出手又特別大方，當然能直接上樓去見到柳霜霜，這等貴客她當然是挑不得的；但一般想見她的客人，規矩還挺多的呢。」

孫子衡想想又道：「所以她能挑客的時候，她都專挑些已成家的商客？這有原因嗎？」

宋小冉想笑又不敢笑，只輕咳了聲說：「據我推測，可能是因為她曾被人夫拋棄過……」

話沒說完易天容一腳踹了下去：「你再給我說一次看看！」

「唉呀老大，我說的是實話啊，我知道你不這麼想，但她可是這麼想啊。」

宋小冉這回閃得快，一臉委屈地躲到孫子衡身後。

孫子衡好笑地制止易天容打算痛揍宋小冉的意圖，孫少璿卻點點頭說道：

「宋捕頭的話有道理，當然在易兄弟的立場來看，這種說法是不正確的，但柳霜霜是個聰明有自信也頗有手腕的女子，她可能自認為被拒絕的理由是易兄弟已有妻子的關係。」

易天容皺了皺眉頭地回道：「她確實在之後一次偶遇時問過我，若我當初未曾娶妻是否會願意與她在一起。」

「大哥怎麼回答？」孫子衡好奇地問。

「我沒有回答她，我要是真告訴她不會，她等下轉身衝去跳河我怎辦？我可不要再去擔這莫須有的罪名，她怎麼想是她的事，我沒必要回答她。」

易天容翻了翻白眼地說道。

「所以她怨恨有妻子的男人？」孫子衡疑惑地問：「故意接那些有成家的客人？」

「我也這麼想，就稍微調查了一下柳霜霜去年一年裡來的客人。」

宋小冉摸摸鼻子從孫子衡身後出來。

「她一年來所有客人裡已經成家的外地商客，死了跟失蹤的就足有三十七個。」

「你怎麼知道她一年有多少客人？」孫少璿也覺得好奇。

宋小冉賊笑了一下，小小聲開口：「就那日趁亂，我去偷了柳霜霜去年的帳本。」

「帳本？我以為帳都是嬤嬤在做的？」孫子衡看起來更疑惑。

「不是那個帳本，是她的桃花帳。」宋小冉笑道：「你們進她閣樓的時候，不是有個姑娘會來詢問你們從哪兒來、吃食有什麼禁忌、喜歡什麼口味嗎？她可把每個來客的狀況都記得一清二楚，那就是她把客人牢牢握在手裡的法子了。」

孫少璿恍然大悟：「所以她哪天來了什麼客人你都曉得了？」

「就去年的，今年的她那侍女揣在懷裡不放，我無從下手。」宋小冉說道：「我熬

了一宿，把她的帳本跟所有去年不明屍首的紀錄一對，居然還對上十八個。也多虧她那侍女細心，怕她不記得來客，把每個來客穿什麼衣服，明顯處有什麼特徵都記得一清二楚，才讓我對得上。」

「所以有人跟柳霜霜一起謀財害命？」孫子衡皺起眉頭：「她對自己的遭遇心懷怨恨，所以拿來客出氣？還是攢錢想贖身？」

「柳霜霜是自願進迎春樓的，她想走不必給自己贖身，七爺沒見嬤嬤把她當寶貝供著？」

宋小冉聳聳肩，不以為然地說道。

「但說實在的，柳霜霜也不像是個會因為心懷怨恨而把氣出在別人身上的女人。」

「那她為何要那麼做？」孫子衡疑惑地望著宋小冉：「會是報復那些男人不忠於妻？」

「柳霜霜說，女人大多也不過就尋個最安全的靠著了……」孫少瑢突然說道：「或許她不是為了怨恨而做，興許是她有了靠山。」

易天容挑起眉來望著他：「你是說她找了個男人？」

「或許，也有可能只是因為某些利益，或是對方答應了她什麼也不一定。」孫少瑨說。

孫子衡想了想，望向易天容：「如果是這樣……不如我們先下手？」

易天容望著他，倒懂了他的意思。

「你們倆肯定是不行的了，又未成家，還贖了人家一個好丫頭回去，柳霜霜現在肯定把你倆劃成不能謀害的好人了。」

孫子衡朝易天容笑著。

「那就要靠大哥你了，找幾個人來扮一下不忠於妻的商人肯定沒問題。」

宋小冉連連點頭：「是啊，本地人太容易被認出來了，老大，靠你了。」

「成天就曉得算計我。」易天容瞪了宋小冉一眼。

「冤枉啊，這主意可不是我提的。」宋小冉一臉委屈。

「也可以請魏將軍借我幾個人用用。」孫少瑨笑道。

易天容想了想之後搖頭。

「軍兵太容易被認出來，但還是可以請他們幫忙，我找幾個兄弟扮成商人入鎮，如

果柳霜霜上勾了，要逮人可能就用得著軍兵的幫助，靠這傢伙底下那幾隻三腳貓是沒什麼作用的。」

易天容睨了宋小冉一眼，後者也一臉無辜。

「我也沒辦法啊，鎮裡這麼小個衙門，哪請得到有些功夫的。再說鎮裡最多不過失足落湖，偷菜偷肉偷隔壁女人的小事情，哪用得著大將。」

孫子衡笑著說：「就這樣吧，我去跟魏二哥借點人，然後大哥若尋到合適的人，我們再來商量商量吧。」

「我叫幾個人來，大概要三天，人到了我帶去喜樂莊找你們。」易天容說道。

「小月還病著……會不會擾了他？」孫少瑲遲疑地說著，心裡擔心的是段不離可能會嫌他們吵。

「三天……應該也好了吧。」易天容歪著頭思考，這時廣生堂的姑娘拿了藥包出來塞給他。

「那這就麻煩你們了，要是三天後小月還沒好，我們再找地方商量吧。」易天容順手就把藥包塞給孫少瑲。

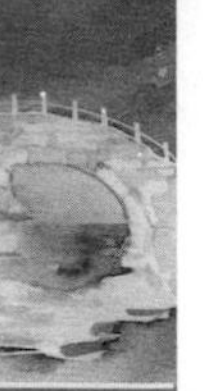

「知道了，那宋姑娘就麻煩易兄弟了。」孫少璿接過藥包，請人喚出了蘇鐵，和孫子衡一起往喜樂莊回去。

段語月走在路上，小徑上滿是霧氣，一片白濛濛的，幾乎伸手不見五指。

他走了兩步就停了下來，左右張望了一下，確定身邊沒有應該在的人，便輕嘆了口氣，安安靜靜站在那裡等著。不一會兒，一陣馬蹄聲從後頭傳來，喀啦喀啦地在他身邊停下，濛濛白霧裡看不見馬的模樣，只看得見一雙圓亮的眼睛在霧裡閃著妖異的紅光。

一個黑臉男人拉著馬車，走下來跪著趴伏在地上，語調平板客氣地開口：「請先生上車。」

段語月一臉無奈，不管多少次他都沒辦法習慣踩著人家的背上車，但也只能拉著衣襬小心踩著上車坐下，一股冰冷的氣息從四面八方湧來包裹著他。

段語月冷得打顫，只能靠坐在座椅上，來回地撫著手臂。

「請快些走吧，時間不多。」

黑臉男人起身走上座，駕著馬車飛快奔馳在霧中小徑裡。

雖然馬車速度極快，但車上卻極穩，段語月靠在椅背上，只想著希望可以快點回去窩在他溫暖的被窩裡。

馬車疾駛在冰冷的霧氣之中，從模糊不清的視線裡，段語月還是可以看見一個個人影忽隱忽現地從身邊閃過，耳邊似乎還聽得見哀淒的細語和哭泣聲。

段語月低頭安靜地坐在車上，在過這條路的時候，他一向不多看不多聽，才不容易被影響。

直到馬車停下，段語月才抬頭一看，霧氣之中隱隱約約可以看得出一座莊嚴宏偉的宮殿，一名身著綠色官袍的男人正站在那裡等著他，帶著一臉的和善笑容朝他問候。

「先生，一路辛苦。」

段語月笑著下了馬車：「判事大人有何吩咐？」

「不敢，我家大人命我請先生來的。」綠袍判官相當有禮的，領著段語月入內。

「先生這裡請。」

段語月跟在男人身後走，也沒有多往其他方向看，可以這樣不需要人扶持，毫無障礙地行走，若不是在夢裡還真做不到。

段語月感覺到身體的輕鬆和腳步的輕盈而微微笑了起來，卻又覺得獨自一個人行走的感覺有些怪異。向來段不離都會在身邊兩步以內的距離，身邊空蕩蕩的總有些少了什麼的空虛感，又想到萬一段不離發覺他被拉到這裡來，還不知道要怎麼發脾氣。

段語月想到此，只加快腳步，看能不能神不知鬼不覺地在段不離發覺前回去。

綠袍判官也注意到段語月的腳步加快了點，於是也迅速領著他，繞過大殿走向後頭的庭院。

段語月對於沒有往大殿裡走反而放心了些，這表示這事兒不是很正式的，也許是私下請託也不一定。

綠袍判官讓段語月在院裡石桌前坐著等，接著轉身進入殿內。

段語月抬頭看著灰濛濛的天空，像是驟雨之前般地陰沉，仔細望去似乎還能見到雲層快速翻覆捲動，彷彿掙扎著想脫出那片桎梏。

「先生，勞您大駕。」一名老者帶著淺笑朝他走來，莊重的神情和肅穆的容顏一如往常所見。

「閻王爺。」段語月連忙起身，朝閻王一揖。

「先生不必客氣，快請坐。」閻王朝他一笑，撩起衣襬坐在他身前。「如此突然地請先生到來，實在很抱歉。」

「閻王爺有事儘管吩咐即可。」段語月禮貌地笑著。

閻王命人上了茶和幾盤果子：「先生請用點，地府陰寒，幫先生補點陽氣。」

段語月也沒有推辭，喝了幾口熱茶，每樣果子吃個一、兩口便停了下來，客氣詢問：「閻王爺這麼突然地召喚我下來，可是有何要事？」

「實不相瞞，有些事與先生商量，先生前些日子可是放走了那湖底的龍神？」閻王溫和地開口。

段語月笑著回答：「是，這事我前些年也跟您提過的，您要我順天而行，現下真龍天子正在三喜鎮上，既有如此機緣，可不是順天而行？」

閻王爺苦笑著：「但這機緣可不是給那龍神的，是給先生的。也怪老夫沒有多加提醒，那龍神的罪行尚有一百二十年，但現下祂既已脫離禁錮，必是不會再回來，此地不出三月必有大災。」

段語月心裡一驚，凝起眉來問道：「閻王爺指的是何種災禍？」

「這……難說，一切應天而行。」閻王嘆了口氣：「只是這個災禍勢必影響地府運作，還請先生多幫忙看照些。」

段語月沉默了會兒，閻王的意思指的是這災禍肯定死傷無數，超過地府原本該有的數，這可不是能玩笑的事。

「閻王爺，放走龍神是我的主意，若是要降下災禍，為何不能該我一人承擔？」

段語月語氣嚴肅地說道：

「將龍神禁錮在湖底讓三喜鎮民無辜枉死多年，填湖總是遲早要做，將此事降罪於天下豈不是有失公允？」

「這可不是我能決定的。」閻王嘆了口氣，又開口說道：「先生也不必太過擔憂，原本那龍神刑期未滿是不得離開的，既然先生能夠改變此事，那災禍之事也未必不能改變。」

「閻王爺的意思是我能阻止這場災禍？」段語月遲疑著開口。

「或許，這事既是先生起頭，必是要先生結束的。」閻王客客氣氣地說。

段語月思考了會兒，大概明白是什麼狀況了，又客氣地笑道：「閻王爺，這湖底龍神之事，一開始可也是您告訴我的。」

「是，先生有疑問，我必是盡力為先生解答的。」閻王溫和地回答。

段語月挑了挑眉，最後也只是笑笑。

「我爹自小就教導我別跟閻王爺打交道，我還總想是他心眼小，看來要跟閻王爺打交道，我還嫌太早呢。」

「先生何出此言？老夫不甚明白。」閻王爺一臉驚訝地看著段語月。

段語月也沒再說什麼，只微笑道：「閻王爺所提之事我明白了，時辰也不早，我該回去了，今天就多謝閻王爺的款待。」

「先生也才剛來而已，就多坐一下，陪老夫談談天……」

閻王話才說一半，突然間地動天搖的，把他給嚇了一大跳，連忙伸手扶住石桌。

段語月可沒被這突如其來的地震給嚇著，神情愉快地笑著。

「閻王爺說得是，那我就多坐會兒了。」

「不敢留、不敢留。」閻王嚇得跳起來，趕忙喚人過來：「快送先生回去！」

「那就多謝閻王爺款待。」

段語月也沒想為難他，悠閒起身一揖，慢條斯理跟著慌忙的綠袍判官走出去，上了原本的馬車，還沒坐穩就飛也似地衝進霧裡去。

馬車沒有之前來時穩，搖搖晃晃地讓他閉上了眼睛，耳邊除了風聲，僅聽見了咚、咚、咚、咚地規律的敲擊聲。

等到他再睜開眼睛的時候，身體那種疲累和無力的沉重感又一齊回到身上。他深吸口氣，朝被窩裡移了下，又閉了閉眼，覺得還是自己的被窩裡最舒服。

段語月聽著那規律的敲擊聲，夾雜著蘇鐵好奇的嗓音問著：「段哥哥你為什麼要往地上打木樁呀？」

「有人欠揍。」

段不離咬牙切齒的聲音傳了進來，段語月忍不住笑彎了嘴角，在心裡又多數了四、五下才輕聲開口：「不離。」

門外的聲音停了下來，段不離馬上推門衝進房來，仔細端詳他的臉色，伸手探探他的體溫。

「沒事吧？」

「沒事。」段語月笑得挺開心：「木樁砸裂了沒？」

「差點，要我多砸幾下？」段不離挑起眉來。

「別了，等下晚上來找麻煩。」

段語月笑著伸手拉著段不離的手，輕嘆了口氣。

「不離……」

「嗯？」段不離替他掖了掖被子，見他燒似乎退了，臉色還算正常才放心了點。

「我被算計了。」段語月扁著嘴，一臉不甘願地說：「爹說的是對的，閻王爺心眼太多。」

「我記得你當時還跟師傅說是他心眼小。」段不離好笑地回答。

段語月撇了撇嘴角，一臉委屈地瞪著他：「……我餓了。」

段不離笑了起來，伸手扶著讓他坐起來：「躺了三天了當然餓。」

段語月坐起身來，看見蘇鐵趴在門邊偷偷探頭朝裡看，忍不住笑了起來。

「小鐵，進來啊。」

「月哥哥。」蘇鐵跑了進來趴在他床邊，伸手摸他的臉，確定他燒退了才笑起來。

「終於退燒了，你燒了好多天唷。」

「讓你擔心了。」段語月摸摸他的頭：「你們少爺呢？」

「跟七爺去廣生堂看阿伶姊姊了。」蘇鐵趴在床上拉著段語月的袖子玩。

「阿伶姊姊？」段語月不解地望向段不離。

「孫少爺從迎春院贖了個丫頭回來，傻的，送到廣生堂醫治了。」段不離解釋著，邊揉了條面巾給段語月擦臉。

「我找了那麼久都沒一個可用的，他居然就自己撞上了嗎……」段語月有些訝異地說：「也許就是天意吧。」

「管他什麼天意，才剛被算計過，你嫌不夠嗎？」段不離瞪了他一眼。

段語月也只好閉嘴，又轉頭問蘇鐵：「那你怎麼不跟去啊？」

蘇鐵也扁起嘴，像是掙扎了很久才開口：「……廣生堂姊姊好多……都愛捏我的臉。」

段語月笑了出來，摸摸他的臉：「不喜歡給漂亮姊姊捏呀？」

蘇鐵皺著張小臉，委屈地說：「會越來越圓的。」

段語月聽他的語氣這麼委屈，覺得好笑但又不好笑他，只摸摸他的頭安慰著說：

「下回我去唸唸她們，叫她們別捏你的臉了。」

「嗯！」蘇鐵用力點頭，馬上就開心了起來。

「你在下面吃了什麼嗎？」段不離見他精神很好，跟一個時辰之前比實在是差太多，想大概是閻王給了什麼東西。

「喝了杯熱茶，幾個果子，我也不知道那是什麼。」

段語月偏著頭想了想，還真想不出那些果子是什麼。

「……反正諒他也不敢給你吃什麼怪東西。」段不離聳聳肩說道：「覺得舒服些了的話，要不要下來走走？」

「嗯。」段語月也覺得躺得骨頭快散了，讓蘇鐵扶著下床，活動一下筋骨，又一臉委屈地望向段不離。

「我餓了。」

「知道了。」段不離好笑地望向蘇鐵：「幫我陪著你月哥哥，我去弄東西給你們吃。」

蘇鐵乖巧地點點頭，扶著段語月起身活動。

段不離走出房門，看見院中央還釘著一根木樁，挑著眉想了半晌，如果段語月等下還是覺得不甘心的話，或許他還能再多釘上幾下。

於是段不離決定先把那根木樁多留幾天，帶著笑走向廚房。

❦

隔了幾天，易天容帶了幾個兄弟和宋小冉一起過來找孫少璿和孫子衡。

因為段語月已經好起來了，所以段不離也沒趕他們，還幫他們備了茶水點心好讓他們商量事情。

段語月還在介意吳錦的死，於是跟著聽了他們商量的事由，才曉得柳霜霜可能合謀殺人之事，一時之間也覺得感嘆。不管是什麼原因讓她決定作惡，都枉費了當初易天容救她一命。

他想易天容應該也是為這件事感到最鬱悶的一個，大家也都有感覺到這點，於是盡量避開這事不談，只討論計劃。

直到他們要行動的那天，段語月死纏活纏地跟著去了，於是他現在跟段不離還有孫少璿坐在迎春院對面的茶樓裡喝茶，目光好奇地直往對街飄去。

「別盯得那麼緊，等下人家還以為你很想進去。」孫少璿打趣說著。

段語月趕忙把視線收回來，抓起桌上的烤栗子笑道：「我還真有點好奇。」

他們叫了壺茶，跟幾盤小點，悠閒坐著等，易天容跟孫子衡已經先到城外去埋伏。而易天容叫來了兩個兄弟裝扮成路過的肥羊商人，在迎春院裡跟柳霜霜廝混了幾天，已經跟柳霜霜說今天要離開。

「柳霜霜會上勾嗎？」段語月好奇問著，手上那顆栗子剝了半天也沒剝下一片來。

「可能，易兄弟請來的那兩位都裝成了家裡有妻子在等著，其中一位還有了身孕什麼的，跟柳霜霜說好了下次出門會再來，總之活像個混帳，這種人不搶白不搶了。」

孫少璿好笑地說著，也好奇抓了顆栗子在手上剝。他東宮出身，哪裡見過沒剝皮的炒栗子，好奇地玩了半天也沒能剝開。

段不離翻了翻白眼，也沒去搶他們兩個少爺手上在玩的，只把整盤栗子移到面前，幫他們倆剝著栗子殼。

孫少璿見段不離一壓一剝就能把栗子剝開，好奇地直看。

「我還真沒見過帶殼的栗子。」

「其實我也很少見到。」段語月扔了手上那顆剝不好的栗子，直接拿了段不離剝好的來吃。

孫少璿倒蠻有興趣，直盯著段不離的手，試了半天才抓到訣竅，把栗子剝開的時候開心得不得了。

「成了成了，小月你看！」

「大哥好棒啊。」段語月笑著稱讚他，惹得段不離也笑了起來。

孫少璿看著手上的烤栗子，深褐色散發著甜甜的紅糖味，雖然帶著笑卻嘆了口氣，

「過去兩年，我都不記得什麼事讓我開心過……一顆栗子。」

那也是唯一一次，他看著皇兄面色慘白，幾乎站不住的，跌跌撞撞走出東宮。之後他再也沒有跟他皇兄說一句話，他寧可死，也不想知道那些他不該知道的。

「填湖那日……龍神現身那次，你說我是真龍天子……」孫少瑢苦笑了下，像是喃喃自語般地開口：「其實我不是。」

孫少瑢抬起頭來望著段語月：「我不是我父皇的孩子。」

段不離僵了一下，四周看了看，又低下頭輕聲開口：「……這種知道了要殺頭的事，別在外面說。」

孫少瑢愣了一下，也才意識到自己居然把這種事說出來，這要是被別人知道了，他可是害了段語月和段不離。

就像他曾害死凝香一樣，孫少瑢覺得有點慌：「對不起，我不是……」

「大哥。」段語月的臉色從頭到尾也沒有變，笑著喚了他一聲。

孫少瑢望著段語月溫和沉靜的臉容，總覺得能鎮定一點，他只是嘆了口氣，揮了揮手。

「我不該亂說話的，你們當我沒說過吧，日後有事我不會追究的。」

段語月卻笑著搖搖頭，語氣認真地開口說道：「你就是真龍天子，若不是，湖底那封瓶你是揭不開的。」

孫少璿怔了怔又笑了起來，也沒多解釋什麼。

他不曉得段語月知道些什麼，但確實他雖不是父皇的孩子，仍是正統的公孫王朝血脈，他父皇曾為了他鋪平各種障礙，只為了讓他將來毫無障礙地繼位。

他不是真龍天子還有誰是？只是……他寧可自己不是。

「他們好像要行動了。」

段不離打破了這份有些尷尬的沉默，他們一齊往下頭望去，易天容的人正離開迎春院，柳霜霜親自送他們到門口，依依不捨地分開了。

只等他們走了，柳霜霜的笑容斂去，就算隔著一條街，孫少璿還是可以感覺得到她那張臉上的冰冷與不屑。

「有多少人想活下去卻沒有那份機運，易兄弟拚了命救她，卻換來她作惡，這又能說值得嗎？」孫少璿搖搖頭嘆了口氣。

「他救人的時候沒管值不值，就算是十惡不赦的人，在他面前墜了崖，他還是會跳

下去救的，他就這性子。」

段不離難得開口。

「這也是我們師父的教誨，他要我們救人不分善惡，若有急難先救再說。」

「若是救到惡人怎麼辦？」孫少璿問。

「我問過師父。」段不離面無表情地回答：「他老人家說惡人未必不行善，善人未必不行惡，生命之前無需分善惡。」

孫少璿在心裡唸了幾次，又好奇問道：「你跟易兄弟原來是師兄弟？」

段不離撇撇嘴角，似乎有點不想回答這個問題，段語月笑道：

「是啊，他師父是陸先生的師叔，也是我爹的好友。不離是七歲到喜樂莊來的，他師父有回來探望我爹的時候，一眼就瞧上不離，死活都要他做徒弟，但不離不能離開我，所以師父在喜樂莊住了好多年呢。」

段語月想起段不離他師父就直笑。

「姊夫怎麼等都等不到師父回山，火了就自己下山來看看這個師弟是多了不起，拐了他師父不走。結果姊夫來了，撞上我家姊姊，就再也沒離開三喜鎮了。」

「想必是位世外高人。」孫少璿對教出易天容跟段不離的師父還真有點嚮往。

段語月卻大笑了起來，而段不離一臉微妙，悶悶說道：「就是個貪吃的老頭。」

「食量還很大呢。」段語月笑個不停，段不離也許是想起師父，忍不住也彎了嘴角，孫少璿被他們的開心感染得也笑了起來。

三個人又聊了好一會兒，直到孫子衡跑了上來才停止。

「怎麼這麼快？我以為你們得耗上一天的。」孫少璿訝異地說。

「別說了，就是群三腳貓，躲在城外山上，功夫不怎麼樣，倒挺心狠手辣的。」孫子衡猛灌了杯茶，臉色卻不見輕鬆。

「有什麼狀況嗎？」段語月不太放心地問。

「就是窩土匪，藏匿得挺隱密，下手也挺小心，他們只對柳霜霜選的對象下手，動手絕不留活口，屍體不是埋了就是扔三喜湖裡，所以做案這麼多年，沒有人注意到那裡有群土匪。但我們圍剿他們之後才發現，主使者早就在三天前跑了。」

孫子衡皺著眉說道：

「那個主使者心細大膽又夠狠，柳霜霜也是他拉進來的，聽那些人說，他們搶來的東西那人也從來不分，他只在找一樣東西。」

「什麼稀奇的寶貝？」孫少璿挑起眉。

孫子衡有些古怪地凝著眉：「他們說他在找一支石頭做的釵。」

孫少璿正在想哪裡聽過這事的時候，想起填湖那天江老爺他們撈上來的那個布包裡，正放著一支石釵。

而段語月愣了一下：「你說那人三天前走的？」

孫子衡點點頭：「嗯，所以他們現在如同一盤散沙，才會這麼簡單給我們逮著。要是他們三天前就聽話散開的話，也許我們根本逮不到半個人。」

段語月深吸了口氣，側頭望向段不離：「陸先生三天前走的。」

段不離也沉默著，想了好一會兒才開口：「我讓人找找他，你先不用操心。」

段語月也只能點頭，此時卻有些後悔，早知道他該留下那支釵的，現下不知道陸不歸是不是安全。

「你們知道那石釵的事？」孫子衡見段語月臉色不對，又望向了孫少璿。

「小月是知道的，那支釵……如果是同一支的話，陸先生帶走了。」孫少璿低聲開口。

孫子衡想想又開口說道：「我派人沿路搜尋一下陸先生的下落好了。」

「謝謝七爺。」段語月也只能點點頭。

「小事。」

孫子衡笑笑，轉頭見孫少璿望著迎春院大門口，探頭一看宋小冉正帶人走進迎春院，也只輕嘆了口氣。

「躲不掉的，明明好不容易才活下來的。」

孫少璿收回了目光，他並不想看柳霜霜被帶走。這麼多條人命，她雖不是親手殺人，但也差不多了，她最後勢必得償命。

「對了，我還沒讓你見見阿伶呢。」

說起柳霜霜，孫少璿想起了宋伶，這幾天都在忙這圍剿的計劃，段語月也顯得很關心，他也不好在那時候提起宋伶的事。

段語月好似也想起這回事，只點點頭笑道：「那就先跑我姊姊那裡一趟吧。」

眾人一起走出茶樓，正巧見著宋小冉讓人帶著柳霜霜離開。

她仍然一臉可人的笑容，用著美麗而高雅的姿態，緩緩走在宋小冉身後。

宋小冉心軟，也沒讓人鎖上她，只給她最後的一點自尊，讓她安靜走在他身後。這也是三喜鎮上的人，最後一次看見柳霜霜美麗而溫柔的笑臉。

眾人皆在感嘆的時候，段語月卻如同一桶冰水當頭淋下似地全身冰冷，他下意識抓住了段不離的手。

段不離同時間也發覺段語月在人群裡看到了什麼，反手握住他冷得像塊冰的手，一時之間卻說不出什麼安慰的話。

孫少璿注意到段語月的神情，朝著他的目光望去，卻只見到對著柳霜霜指指點點的人群而已，有些擔心地問道：

「小月，你怎麼了？」

段語月掀了掀唇想開口，卻不知道該怎麼說明。

他在人群中看見了一個黃衣小鬼，蹦蹦跳跳的，在人群之間穿來穿去玩得十分愉快，一個轉身瞧見了段語月在看他，縮了縮頸子一個翻身就消失了。

段語月卻覺得整個人從心口開始一路涼到腳底去了，好一陣子他才開得了口，也僅

是低喃似的細碎嗓音。

「……疫……疫鬼……」

段語月此時想起的是閻王爺對他說過的話，說三個月內此地必有大禍。

他只是沒想到會來得這麼快，才沒幾天，災禍就已經到了。

瘟神一到，瘟疫就要來了。

第七回　五瘟將軍

在瘟疫之前，什麼事都顯得不夠緊急。

段語月這些天焦急得差點又病倒，一旦疫鬼開始出沒在鎮裡，那表示瘟神就在附近，待瘟神一到就沒得救了。

段語月想盡辦法要攔著瘟神進到鎮裡，孫少璿也想幫忙，於是整天跟在段語月身後跑，但那些疫鬼精明得很，只要孫少璿一靠近馬上就消失得一乾二淨，於是沒兩天段語月就發覺這行不通。

「我猜大哥揭印放走龍神的事已經神鬼皆知了。」段語月冷靜思考之後做出了結論。「閻王爺都知曉我填湖放走了龍神，沒理由瘟神會不知，肯定是特地避開的。」

孫少璿其實有點摸不著頭緒，這些神鬼之事他向來搞不清楚，若不是遇上段語月，他也沒信過這些。

「小月，我一直想問……既然祂們是神，又為何會聽我的話呢？」

段語月耐心解釋著：「你是紫微星下凡，是人間天子，就算祂們是神、是鬼，在人間也是得給你個面子的。」

孫少璿偏著頭想了想，大概理解這似乎是跟領地有關的問題。

「所以，疫鬼看到我就跑，我幫不上忙了嗎？」

段語月輕嘆了口氣，揉著自己的腿，這幾天走的路大概比過去一年還多。

「今兒個大哥在莊裡休息吧，我跟不離出去就好了。」

孫少璿也沒堅持，他若幫得上段語月忙當然就盡可能幫，要是幫不上手，他至少可以不給他添麻煩。

「我到廣生堂走走好了，我給阿伶買了塊布，看姑娘們能不能給她裁件衣裳。」

段語月這也想起宋伶的事，他至今都沒機會去見見她，也覺得對孫少璿有些抱歉。

「大哥對那姑娘是怎麼想的？」

孫少璿愣了一下，像是倒也沒想過這問題，只笑道：

「就是個十來歲的丫頭，跟蘇鐵一樣是個孩子，偶然碰上了才把她贖回來的，也沒什麼想法，要能醫好就留在廣生堂給段大夫幫幫手也好。」

「我一直沒問過大哥為什麼要贖她回來？不單是見她身世可憐吧？」段語月溫和地

問道。

「確實是因為剛巧碰上了，覺得那姑娘怪可憐的……」孫少璿遲疑了會兒才回答：「但若不是她當時望了我一眼，我的確沒興起為她贖身的念頭。」

「她望了你一眼？」

「當時我坐在二樓柳霜霜的閣樓裡，朝下望的時候，她突然間抬起頭來看了我一眼，那眼神……那神情……像極了凝香。」

孫少璿回想起那一瞬間的眼神，還是讓他覺得不可思議。

「我只是想著不能把那個有著凝香眼神的姑娘留在迎春院裡，於是就讓柳霜霜為我說價，贖走了那姑娘。」

段語月大概了解發生了什麼事情，他原本讓易天容幫他找些傻掉的姑娘就是為了給凝香找個合適的身體暫用。

但事實上，奪舍並不是件那麼容易的事，而那些傻了的姑娘多半是缺了魂魄，當然也有的是真的病了，病可以治，但魂不一定招得回來。

他原本的想法是先找到合適的姑娘，替她招魂，只要確定這魂真的無法再入身，就問她是否願意將身體借給凝香使用。若是那魂魄肯的話，至少凝香可以借用那具身體兩年左右；若是不肯，那也只好找下一個姑娘。

如果凝香曾入宋伶的身體，那表示至少她跟宋伶是合適的，接下來就只能看宋伶是病了，還是魂丟了。

段語月也注意到最近他都沒見著凝香，也可能是因為段不離把她趕遠了，他一向不喜歡有鬼魂在自己身邊逗留。他只是對著孫少璿微笑。

「大哥別擔心，等瘟疫的事解決了，我會去看看阿伶的。」

孫少璿倒也不急，來到三喜鎮之後，他總覺得心靜了許多，不再那麼悲痛，也不再那麼絕望，於是笑道：

「等瘟疫的事解決了，你好好休息一陣子，阿伶就寄在廣生堂，也跑不掉的。」

「知道了，謝謝大哥。」段語月笑著點頭。

段不離出來的時候，手上拎著燒火棍，段語月難得沒有阻止他，只跟孫少璿又說了幾句話，就跟段不離出門去。

但一走上街，段語月就發現疫鬼的數量遠比昨天要多上好幾個。

段語月一急，就又想往前衝，被段不離一把拉著：「別急。」

段不離也很無奈，他不是不知道段語月很焦慮，他也明白一但瘟神到了，就不只是三喜鎮跟北宜城的問題了。這裡往來的過路客太多，一旦瘟疫開始，就會散布到各大城去，這絕對是死傷無數的事情，更不用說段語月絕對禁不起瘟疫的襲擊。

「越急，只會越讓他們注意到你而已。」段不離溫聲安撫他：「況且被人注意到也不好，冷靜一點，我會抓到的。」

段語月深吸了口氣，知道段不離說得是對的，在原地站了好一陣子，才拉著段不離的袖子。

「我們往郊外走吧。」

「嗯。」段不離朝他笑著，拉著他的手，慢慢往郊外走。

天氣漸漸變得炎熱，段語月安靜走在路上，朝人少的地方走去，這鎮上沒有人不認識他們，要是引起街坊的恐慌，將會是更難處理的事。

「累嗎？」段不離見他一直沉默著，伸手幫他擦擦額上冒出來的汗珠。

段語月搖搖頭笑道：「沒事的，天都這麼熱了。」

「這事要解決了，你得好好休息才行。」段不離微嘆了口氣，帶著他走到郊區一個小茶棚裡。

「坐會兒。」段不離讓他坐下，給他倒了杯涼茶捧在手上。

段語月望著不遠處一大群牛隻正在草地上啃著草，伸手拉拉段不離的袖子。

「你也坐會兒。」

段不離在他身邊坐下，盯著那些牛隻看，通常疫鬼會出沒在人多的地方，或者動物聚集的地方。

他倆坐了好一會兒，有一句沒一句閒聊著，沒一會兒果然看見一個黃衫小鬼在牛隻裡面跑動。

「別打死了。」段語月小小聲開口。

「知道。」段不離抓著燒火棍起身，提氣飛身過去，一個起落就到了那個疫鬼身邊，那疫鬼轉身就想消失，被段不離一棍又打了出來。

段語月在外頭看不太清楚，只聽見牛隻的叫聲還有小鬼的哀叫聲，不一會兒就見段不離拎著那個疫鬼走回來，把鬼按在他身前。

段語月朝疫鬼溫和地笑：「在下段語月，驚擾疫差大人了。」

那疫鬼嚇得發抖，他可不是沒聽說過這兩人，聽段語月這麼客氣就更害怕。

「先、先生太客氣了，可、可有何吩咐……。」

段語月語氣溫和地說道：「想麻煩疫差大人，可否行個方便，轉往別處去？」

疫差渾身抖個不停：「我……我只是隻聽差的小鬼而已，幫不上先生的忙的。」

段不離挑起眉來，把燒火棍往地上一敲，砰地一聲讓疫鬼更害怕，頭低得不能再低了。

「先、先生就算讓我魂飛魄散我也幫不上先生的忙啊……我就算走了……這裡還有三百一十八個疫鬼，先生抓不完的，我們也只是聽令行事啊……」

段語月一聽心都涼了，有這個數字的疫鬼在這裡，肯定瘟神已經臨近城外了。確實就算讓段不離把那三百一十八個全抓起來，也還有下一批會進城。疫鬼一旦傾巢而出的時候，沒有人防得了。

段語月的臉色十分蒼白，那疫鬼見他沒回答，膽子大了點地開口：

「先生，此地即將大旱，我們到此地是職責在身，天道運行有生必有死，先生若是擔心，現在離開此地還來得及。」

「我明白了，多謝疫差大人。」段語月只是淡淡笑著，抬頭望向段不離：「放他走吧。」

段不離只輕嘆了口氣，放了那疫鬼離開。那疫鬼走了幾步，見他們真要放他走，轉身一跳就消失了。

段不離坐在他身邊：「我們可以離城避一避，若此地真是注定有此災禍，防不了的。」

段語月只是搖搖頭：「不是注定的，是我害的，我若沒作主放走龍神，就不會大旱；若不曾大旱，瘟神疫鬼不會被引來。」

段不離只皺了皺眉。

「你若不放走那條龍，祂還不知道要拉多少人墊背。待祂刑期滿了，說不定這裡被祂害死的人跟瘟疫來沒兩樣了，更不用說祂一天到晚都來拖你的魂，總有天讓祂害死。」

段語月也是滿心無奈：「先回去吧，我累了。」

段不離只好扶著他走回喜樂莊，段語月心裡滿是憂慮，他沒有遇過瘟疫，他不曉得要怎麼樣才能請走瘟神。

段不離也不知道，見段語月憂心也幫不上忙，只能坐在身邊陪陪他。直到晚上孫少璿他們回來了，段語月不想他們操心，只隨意談笑帶過。

不停想著那是自己的錯是沒用的，段語月知道他得想出個辦法，如果他爹在的話，肯定會有些主意，但他爹不在。

這又讓他發覺自己不該在他爹不在的時候把那條龍放走，但他若是不做，等他爹回來，孫少璿他們可能已經離開三喜鎮了。

段語月直煩惱到深夜也沒能安睡，段不離也跟著沒能睡著，直到過了三更，段語月才翻身過來，趴在床緣望著另一張床上的段不離。

「不離，我想喝蓮子湯。」

晚上段不離燒了點蓮子湯，但段語月沒胃口，所以他就放進井裡鎮著了。

「熱了再喝好嗎？」

段不離爬起身來問他，段語月點點頭，就見段不離披著外衣出去了。

段語月在床上坐了會兒，只覺得煩躁，便也起身披了外衣在院裡走走，走沒幾圈就聽見一個溫柔的女聲在喚他：

「公子。」

段語月回頭，愣了一下才開口：「凝香，妳去哪兒了？」

凝香笑著朝段語月福了一福，輕聲開口：

「段管事不喜歡我待在屋裡，所以我都待在外頭。前些日子殿下把阿伶給帶回來了，所以我都待在阿伶身邊。」

段語月吁了口氣，淡笑著：「是嗎？跟阿伶合適嗎？」

凝香點點頭。

「但我沒有上她的身，我想請公子為我詢問阿伶的意願，若是她願意，我才能用她的身體。」

段語月笑道：「難為妳願意守這份規矩。」

凝香溫溫柔柔笑著：「凝香是殿下的人，死也不能給殿下丟人。」

段語月只輕嘆了口氣：「過陣子我會為妳招回宋伶的魂魄，但現在疫鬼出沒，我無

暇分身，要讓妳等一等了。」

「能有這個機會，多久我都可以等。」凝香笑道：「但我今晚不是為了宋伶的事來的，我是為了疫鬼的事來的。」

段語月望向凝香，有些疑惑地開口：「為了疫鬼的事？」

「是，最近城裡外都布滿了疫鬼，我往東邊行了三里路，還見著了瘟神正朝三宜城前進。」凝香說道。

段語月一聽只覺得一陣暈眩，三里……只有三里……

「公子。」

段語月深吸了口氣，聽見凝香喚他，想她是有什麼話想說，抬眼望向她，只見她一臉認真地開口：

「我想，我可以幫得上忙。」

「我還是要說我反對這麼做。」

段不離一臉嚴肅，手上抓著燒火棍，直挺挺站在月光下，渾身殺氣的模樣活像尊不動明王。

段語月只是嘆了口氣，一晚上已經不曉得聽他說了幾次，他也不知道回了幾次。

「我知道，但我們沒有辦法，而這真的是個好辦法。」

段不離轉頭瞪著站在不遠處的凝香一眼，凝香只低下頭悄悄又移遠了幾步。

「不離，別再瞪她了。」段語月扯了扯段不離的衣角，小聲開口：「她也是拚了魂飛魄散的危險來幫忙的，要是我們現在不冒這個險，瘟神就要進城了。」

段不離只覺得更生氣，心裡想著他要是逮著那條龍，絕對要剝祂的筋、拆祂的骨。

「你這個臉色若能嚇走瘟神，不就方便多了。」段語月好笑望著他。

段不離也滿是無奈，只瞪了他一眼，又繼續盯著前方的動靜。

段語月乘機朝凝香抱歉地笑一笑，凝香只是搖搖頭，仍舊一臉溫柔的笑容，儀態萬千地站在月光下等著。

「來了。」段不離突然間開口。

段語月望向凝香，誠心地開口：「小心點，若有危險，護著妳自己。」

「凝香知道。」凝香笑著，轉身飄向前方去。

而段不離拉著段語月到樹林之間，那裡有個小小的祭台。

他們現在在北宜城外二里的官道上，那日深夜凝香告訴他可以幫上忙之後，他們就擬定了一個計劃。確實這還真是個「鬼主意」，要不是凝香自己提的，段語月還真想不到原來可以這樣做。

段語月在那小祭台上點了支短香，深吸了幾口氣，取出張黃色符紙，拿著剪子剪成一個人形，取過一把小刀割破手指，在紙人上寫了自己的生辰八字，然後從懷裡把一塊包得相當仔細的香玉取出來壓在上頭，那還是特地死求活求跟孫少璿借來的。

待段語月一準備好，段不離趕緊拿了塊乾淨的布，幫他壓著手指，段語月笑著小小聲開口：「沒事的，傷口很小。」

段不離瞪了他一眼，卻也沒說什麼，他們只是安靜地站在樹林裡，看著凝香在月下起舞。

那確實是極美的姿態，段語月曾聽孫少璿多次提起，卻是第一次見她起舞。

而隨著她在月下舞動，開始有些疫鬼被她的舞姿吸引而來。他們早就在周邊布滿了符酒和點心，很多疫鬼最後都忍不住誘惑地坐下來喝酒吃點心，著迷地看著凝香。

凝香沒有停止，一直不停舞到瘟神領軍到來的時候。

黃衣瘟神用著驚訝的目光看著凝香，直到她又舞完一曲才走向前去。

「敢問姑娘仙歸何處。」

凝香回頭一笑，姿態輕盈地飄到黃衣瘟神面前。

「小女子凝香，見過慼威將軍。」

黃衣瘟神正是中瘟神，慼威將軍史文業，他笑著撫鬚望向凝香，朝她輕輕一揖。

「沒想到還會有仙子認得我，我還不曾見識過如此曼妙舞姿，在下史文業。」

「小女子凝香，尚無仙籍，不過浮遊在塵世間的小小鬼修而已。」凝香執袖掩嘴輕笑著。

「仙子客氣，這一身的仙氣若真只是鬼修，那仙子也即將得道了。」史文業呵呵笑著。

凝香只是嬌巧笑著，朝史文業一福：「承將軍吉言。」

「不敢，仙子為何在此起舞？」史文業見附近除了祂的疫鬼以外也沒有旁的仙人或大妖，這裡備了這麼多酒，若是個酒宴也太過冷清。

「凝香聽說將軍要路經這裡，特來相見。」凝香笑著在月下舞了一圈。

史文業一臉驚喜：「多謝仙子有心，但在下仍有要務在身。」

凝香有些遺憾地說：「我知道，凝香也只求一面之緣而已，我在西北遇著顯聖將軍，聽說您將路經這裡，一路趕來就為見將軍一面。」

史文業愣了一下：「仙子在西北遇著顯聖將軍？」

「是的，他正往西北疾行。」凝香笑道。

「西北？顯聖將軍應該也往北宜城走，為何會往西北？」史文業一臉疑惑望著她。

「聽說那裡大旱嚴重，十分情急，若是再不趕去只怕誤了時辰，因此顯聖將軍話都沒說到兩句就急著走了。」凝香一臉落寞地說道。

史文業一聽大驚：「仙子此話當真？」

「這是自然，我何以要騙將軍呢？」凝香睜大了雙眼，一臉委屈。

「我不是這個意思，只怕我也是誤了時辰了。我得連夜趕路，若是有緣，再與仙子相見。」

史文業連忙朝她一揖，凝香笑著回了禮。

史文業舉起祂手上的長勾，朝西北方一指，祂的疫鬼們擁著他，徹底轉向，一路往西北前進。

直到他們完全消失，凝香才開心地回頭飄進樹林裡。

「走了走了，公子他們走了。」

「多虧妳了。」段語月也真沒想到可以成功，想向前去卻覺得一陣頭暈，段不離連忙扶住他。

而相反地，凝香卻是越見美豔脫俗，身上散發出一種香氣順著風遠遠地飄去。

凝香初見到段語月的時候，就發覺他不是一般人，或許人看不出來，但鬼是肯定有感覺的，因此她才能想到這個計劃。

瘟神們不會聽信一個女鬼的話，但是一個仙子肯定不同，她只要借點段語月身上隱藏的仙氣就可以了。她之前就隱約感覺到段語月絕非常人，但不知為何被困在人身裡不能動彈，而這副人身實在太過虛弱，她此時看著他的臉色都有些擔心他撐不下去。

「公子，不如明天再繼續？」

「不行，顯應將軍已經在附近了，趁著今晚一次解決才行，不能功虧一簣。」

段語月一臉堅持，右手緊緊握著段不離的手。

段不離一句話也沒有說，他只是朝凝香點點頭：「去吧。」

「是。」凝香又望了段語月一眼，轉身又飄向前方，把剛剛黃衣疫鬼們弄亂的酒盞杯盤給整理好了，又開始新一輪的舞。

她也沒想過自己還能有用處的，能對這個城鎮有所幫助，就等於在替她的殿下關懷天下，為了他，她什麼都能做。

凝香身上的仙氣越發濃郁，舞動的姿態越加美麗，在盈盈月光下，她的舞姿吸引了新一批的紅衣疫鬼們。

她帶著豔麗的笑容，在舞動的停頓之間，目光對上每一個停留在她身邊的疫鬼，直到紅袍將軍被她吸引而來。

夏瘟神顯應將軍劉元達，安靜地站在那裡看著她舞了好幾曲，直到她自己停下，朝他嫣然一笑。

「小女子凝香，見過顯應將軍。」

劉元達神情肅穆地朝她一揖：「在下劉元達，能得見仙子舞姿，實乃三生有幸。」

「將軍客氣，若是將軍願意，凝香可為將軍再舞一曲。」

凝香微抬著臉，讓月光映在她白玉般的臉上，偏著頭舞了一圈。

劉元達的目光緊盯在她身上，但仍然一臉肅穆。

「在下公務在身，不能久留，感謝仙子美意，劉元達心領。」

凝香一臉哀淒望著劉元達：「我懂得，公務要緊，我剛剛有幸見著感威將軍，祂也是公務在身，一路疾行如風地往西北而行。」

劉元達愣了一下。

「西北？感威將軍比我早出發，應該往北宜城前進才是，為何往西北而行？」

凝香睜著她一雙大眼睛，疑惑地搖搖頭。

「我也不甚明白，似乎是突然得到軍情，說得速速往西北前進才行。」

劉元達疑惑地下令：「速去探查感威將軍的行蹤。」

疫鬼們道了遵命，一下子就消失了好幾個，凝香又笑了起來。

「那在等待的時候，就讓我為將軍再舞一曲吧。」

劉元達遲疑了一會兒，還是點點頭：「我甚是期待。」

凝香笑著轉身，抬手又在月光下舞動了起來，足足舞了三曲，那幾個紅衣疫鬼才又跑了回來。

凝香心裡有些緊張，卻還是帶著笑容。

「大人，感威將軍一行確是往西北而行，說是顯聖將軍已在西北。」疫鬼稟告著。

「這不是險些延誤了公務。」劉元達一聽大驚，又轉向凝香一揖：「這回多虧仙子，待我處理完公務，必來向仙子道謝。」

凝香只笑著福了一福，只見劉元達提著手上的劍，朝西北一指，紅衣大軍又往西北而行。

凝香靜靜等著，等他們完全消失後才轉向樹林，但身形才一動，隨即又感覺到不對勁。

風裡又傳來了疫鬼的氣味，她皺起眉頭，朝那方向飄去，卻望見了藍袍疫鬼們一蹦一跳地往這裡前進，她大吃一驚，連忙往樹林衝去。

城。

「公子，連春瘟也來了。」凝香焦急說著，她沒想到一晚上三名瘟神都到了北宜城。

段語月已經是面無血色地靠在段不離身上了，凝香話才說完就知道不行了，她用了太多靈氣，段語月撐不下去的。

段語月閉了閉眼，撐著坐起來：「凝香，再試一次？」

凝香安靜而憂傷地望著他：「公子，你撐不過的。」

「我會撐下去的，都到這地步了，冬瘟跟秋瘟不可能在這時節來，只要騙走春瘟，北宜城就安全了，祂們就算發覺上當，再回來也誤了時辰。」

段語月拉住凝香冰涼的手，語氣堅決：「再試一次。」

凝香望向段不離，而此刻段不離的臉色極為可怕，但卻什麼也沒說地點點頭。

凝香只得轉身向前，而段語月微喘著氣，只覺得呼吸是那麼困難，身上的氣好像慢慢在流失掉，只有段不離身上的溫度暖著他。

段語月只是努力撐著讓自己清醒，看著凝香遠遠地又舞動了起來，努力勾起個笑。

「那……真的很美……」

段不離沒有回答，只是緊緊握著他冰冷的手，力氣之大到讓段語月都覺得有點疼。

但那表示自己還清醒著，他看著一群藍衣疫鬼又圍住了凝香，他努力地想撐下去，但眼皮卻重得讓他快睜不開。

再撐一下就好……再一下……

段語月緊緊回握著段不離的手，心裡極力吶喊著，但卻抵不住失去靈氣的身體逆襲的虛弱。

他最後，仍舊是閉上了眼睛。

迷迷糊糊睜開眼睛，他又感覺到身體輕盈得像要飛起來一樣。

等他眨了眨眼，他才確定自己真的飛了起來。

段語月嘆了口氣，讓自己越飄越高，他得親眼看看才行。

他飄向北宜城上空，看著曾經豐潤的土地正在乾裂，原本綠意盎然的草地變得枯黃，這裡即將要大旱，而他卻失敗了。

段語月只覺得哀傷而懊悔，望著那一大片美麗的農地，即將被蝗蟲吞食，那些精神奕奕的人們，就將要被疫病纏身，這裡不出三月便會如同死城一般。

「你還是一點都沒變啊。」

段語月回頭，望見一張像是熟悉又像是不熟悉的臉。

那是一位跟他爹差不多年紀的男人，穿著藍袍有著一臉黑鬚，一雙炯炯有神的雙目和慈愛的笑容。

段語月只是朝藍袍長者行了個禮，他不是第一次遇到這種事，但他知道自己還沒死，沒死就還是人，不管自己元身是什麼，都與他段語月無關。

「這麼做是沒用的，難得存著點靈氣都被耗光了，就算誤了時辰，祂們還是會回來的，事情既因你而起，就要由你結束。」那藍袍長者溫和地開口。

「我在試著要結束它。」段語月只覺得有些委屈，他已經幾乎拚了命不要，為什麼還是會失敗。

「可惜用錯方法了。」藍袍長者笑著撫鬚說道：「想想怎麼開始的，才知道怎麼結

束。」

段語月怔了一下，突然間想起一個自己一直沒注意到的事，正想向藍袍長者問清楚的時候，他卻伸手輕輕推了他一把，段語月還來不及驚叫就整個人直往下墜。

咚、咚、咚、咚、咚——

段語月突然睜開眼睛，張嘴直喘著氣，耳邊只聽見熟悉的敲打聲。

「大人，請別再敲了，一殿屋瓦快裂了，請高抬貴手，先生真的不是我們帶走的，你快去看看，現下回來了，請別再打了！」

段語月聽得出那是綠袍判官的聲音，想笑卻又笑不出來，最後只微弱的開口：

「不離……」

段不離衝了進來，把他扶起來，端了碗藥汁給他喝了下去。

段語月喘著氣想說話，卻還是小口小口地先把藥汁給喝了。他知道不喝完，段不離是不會讓他說話的。

等好不容易喝下了藥，段語月喘了口氣才開口：「大哥……孫少瑨呢？」

段不離的神情變了一下，冷冷地回答：「走了，我叫他把他的女人帶走。」

段語月閉了閉眼，他想得到最後段不離肯定會把氣出在他們身上，只虛弱地開口：

「那不是他的錯。」

「我知道。」段不離說著，坐在床邊望著他，神情嚴肅地開口：「小月，你想做的我盡可能都幫你，你想要的我什麼都可以給你，但只有你的命不行，你要活著我才有做這些的意義。」

「我知道，真的，我知道。」段語月彎了彎嘴角，伸手覆上段不離的手。「但我們不能過著只要我們倆好就行的日子，這事因我而起，我得結束它。」

段不離像是想反駁，段語月先搶著接了下去：「我會活著，我保證。」

段不離掀了掀唇，最後還是閉上嘴嘆了口氣。段語月知道他一向寵著自己，於是繼續說道：

「把殿下請回來，我們得設壇把龍神請回來，祂要回來就能停止大旱，沒有乾旱瘟神們就得撤。」

段不離怔了怔問道：「祂肯回來？」

「所以我們需要殿下，是他揭印放走龍神的，只有他能讓龍神回來。」段語月認真解釋著。

段不離望著他好一陣子，最後點點頭。

「我去做，我去求他回來，等壇設好你才能下床，知道嗎？」

段語月笑著點點頭，笑得溫潤如月：「不用你求他，他會回來的。」

段不離只是嘆了口氣，替他掖好被子，起身出門。

正如段語月所說，他不用求，孫少璿只望見他就急問自己能不能幫上忙。

段不離把事跟他說了，眾人便開始忙著幫段不離設壇。有街坊看見便好奇地問了，段不離只說他們要祈雨。

街坊聽了都忙送點瓜果供品來，也想幫著祈雨。

消息一傳出去，直到城裡都有人特地送供品到三喜鎮來，最後祭壇前的供品排了整條街滿滿都是。

段語月抱著病，讓段不離扶著上了祭壇，拿著祭文的手都在抖。

孫少璿有些不忍心，走向前去幫忙扶著段語月。

「小月，我來吧，既是要我請他回來，這祭文由我來唸吧。」

段語月想了想，點點頭把祭文交給他，教他怎麼做，就讓段不離扶著到一邊坐下。

孫少璿拿著祭文，站在祭台前開始唸著祭文，一次不夠就再一次，重複一直唸下去。

但足足兩天都沒有動靜，天氣依舊乾熱，作物慢慢在死去，開始有人病倒的時候，所有鎮民都恐慌了起來。

但孫少璿依舊直挺挺站在祭台前唸著祭文，兩天沒有歇息，站在那裡為大家祈雨。他在祭台上凜然的姿態莫名地讓鎮民們安心，慢慢有人跟著跪在祭台邊幫著唸，一個、兩個、三個，越來越多的人去討了祭文來幫忙，只希望上天能賜點雨水給他們。

直到第五天。

晴空之中，突然一道驚雷打向祭台前，隆隆聲綿延至遠方還沒停下。

孫少璿原本捧著祭文直挺挺的身體突然搖晃了一下就倒了下來，孫子衡連忙衝過來扶住他，讓人叫大夫過來。

鎮民也嚇得驚叫聲四起，卻馬上又意識到那是雷聲，一時之間響起了歡喜的聲音。

落了雷，必定有雨，雖然孫少璿倒下了，但鎮民們只是更加虔誠地低頭唸著祭文。

段語月也在祭台邊坐了五天，因為孫少璿幫他上了祭台，他有時間休息，已不像前幾天那樣虛弱。

他望著倒下的孫少璿，抬頭往天望了下，坐直身子，伸手扯了扯段不離。

段不離挨近他身邊讓他靠著，段語月只是抬眼直視著他，小小聲開口：

「我很快回來，別再去砸地府樑柱了。」

「知道。」段不離只輕聲回答：「小心點。」

段語月朝他笑笑，閉上眼睛馬上昏睡了過去。

睜開眼睛的時候，四周滿是涼涼的霧氣，那跟地府的陰氣不同，那是水涼的雲霧，段語月在雲間找到正在茫然的孫少璿，拉著他的手笑道：

「別怕，跟我來。」

孫少璿這輩子還沒有這樣飄起來過，卻也沒有害怕，只是好奇地問：「小月，我死了嗎？」

「別亂說，只是龍神要見你，祂聽見你的祭文了。」段語月笑著拉著他飄上雲端。只浮出雲頭，就見一條巨龍在雲端飛翔，那樣悠然的姿態美麗而宏偉。

「大人。」段語月開口喚著。

那條巨龍一個翻身盤旋到他身前，那雙漆黑明亮如同寶石的雙目瞪著他，又瞪向孫少璿。

「為何喚我回來？」

段語月示意孫少璿別開口，只朝龍神一揖。

「大人，此地雨水原由您掌管，您走了卻無人來接這司雨之職，北宜城自您離開之後就乾旱至今，瘟神已到，請大人救救北宜城。」

「我被困在此地千年，怎地沒人早點來救我。」龍神冷哼了聲。

「當今天子不是揭了您的印，放了您走嗎？」段語月笑著：「天子極其有心，不眠不休地已唸了五日的祭文，請大人看在人間天子的分上，回來司掌降雨之職。」

孫少璿見龍神望向他，只低頭一揖。

龍神看起來有點不甘願，尾巴掃過雲端，又瞪向段語月。

「你也真是，就非得待在人間不可嗎？」

段語月笑道：「人生不過百年，很快就過去的，待百年之後再與大人敘舊可好？」

龍神又冷哼了聲，翻身側捲至孫少璿面前，一雙眼睛直盯著他。

「我會繼續職掌此地司雨之職，你既救了我，我便還你恩情。」

龍神說完，沒等孫少璿回應，翻身就俯衝了下去。

段語月笑著走過來又握住他的手：「我們成了。」

「真的？真的成了？」孫少璿也鬆了口氣：「那我們能回去了嗎？」

「還有一件事。」段語月笑著，拉著他的手也往下飄。

孫少璿被拉著穿過水涼的雲層，他還能感覺到雨滴打在身上的感受。

段語月只是拉著他飄過祭台前，他甚至能看見孫子衡緊張地查看自己的身體。所有的人要不在歡呼，要不在關切孫少璿的狀況，只有段不離，懷裡抱著段語月卻抬頭直直地望著他們。

「不離好像……看得見我們。」

段語月笑著低頭朝段不離笑了下，然後說道：

「他看得見我，不管我在哪裡他都看得見。」

「你的魂魄真的寄在他身上？」孫少璿好奇地問。

「嗯，我有一魂一魄在他身上，若不是他，我活不到現在。」

段語月笑著，拉他落地，孫少璿只覺得輕飄飄地沒一點踏在土地上的感覺。

「還需要做什麼嗎？」孫少璿望著一直含笑的段語月。

「你不需要再做什麼了。」段語月溫和地望著他：「但是我需要，我承諾過你的，我現在要實現。」

孫少璿愣了一下，突然間意識到段語月在說什麼，一下子屏住了呼吸，卻又馬上意識到自己現在是沒有在呼吸的。

段語月只是理解地笑著：「你可以轉身。」

孫少璿愣了好一陣子，才慢慢回過身來，幾乎不敢相信自己眼前所看見的。

那張美麗的容顏，那雙總是含情的眼，在望著自己的時候總是溫柔笑著、嗔著、撒嬌似地仰望著……

「凝香……」他幾乎不敢相信自己還能有見到她的一天。

「殿下。」凝香的淚滑過臉頰，走向前去依進他懷裡：「殿下……」

孫少瑢緊緊抱著她，閉上了眼睛，分不出打在他臉上的是雨水，還是淚水。

「妳為什麼這麼傻……為什麼……」

見到她的那一刻他就明白了，他其實一直都明白的，只是他不甘願，他無論如何都不甘願。

「我是自願的，為了殿下，死又算什麼。」凝香埋在他壞裡，輕聲開口。

「妳不懂嗎？我要妳活著，只要妳活著，什麼事我都可以解決的，妳為什麼不能等我？」

孫少瑢克制著怒吼的情緒，緊緊地把人壓在懷裡不想放手。

「我死了……比活著能得到的更多。我若活著，便容不得別人傷害我身邊任何一個人，遲早天下人都會知道我寧死也要保守的祕密，遲早你東宮之位會不保，遲早皇上的大位會動搖……行不通的，殿下明白的。」

凝香嘆息般地開口：

「你應該明白的……」

孫少瑢閉了閉眼，不管說什麼，凝香都已經死了，他放鬆了手，望著她如白玉般無瑕的臉容，輕撫去她臉上的淚。

「可我想要妳活著，為了妳，我寧可不要江山。」

凝香卻笑了起來。

「殿下別孩子氣了，我愛上的是公孫王朝的東宮太子，可不是什麼無名小輩。」

她伸手輕撫著孫少瑢的臉，笑得無比的耀眼。

「為了我，你要繼位，做個好皇帝，嚴守自己的底限，千萬別像你皇兄，有時候做錯一件事，就算是做萬件對的事也補不回來的。」

孫少瑢只是點點頭，說不出話來。凝香握住他的手，溫柔說道：

「我在你身邊，一直在你身邊的，只要你想起我，就知道我在這裡，別再為我痛苦。你說過你想聽我親口說，我現在就親口告訴你，我自盡是心甘情願的，沒有人逼我，我也不後悔，也別再怪你皇兄了，不管他做錯了什麼，他都是真心對你好的。」

孫少瑢把她攬進懷裡，閉著眼像是喃喃自語般地唸著：「……妳這傻姑娘。」

「你不就愛我傻。」凝香笑著，那笑容無比的幸福。

段語月只輕嘆了口氣，走向他們。

「大哥，你不能待太久的。」

凝香推開了孫少璿：「快回去吧，別離開身體太久，不好的。」

孫少璿只是緊緊握著凝香的手捨不得放，段語月溫聲開口：

「大哥，我保證我會盡力，如果阿伶能治好，我能讓凝香再活兩年。」

孫少璿震驚地望向段語月：「真的？」

段語月點頭笑道：「我會盡力。」

孫少璿回頭來望著凝香，伸手輕撫著她的臉：「待在我身邊，別走太遠。」

「不會的，不管什麼時候，只要你想起我，我就在你身邊。」凝香笑得極其美麗。

段語月輕吁了口氣，伸手拉著孫少璿的手：「該回去了，大哥。」

孫少璿只是望著凝香捨不得離開，她笑著伸手蓋上他的眼睛，輕聲開口：

「閉上眼睛。」

孫少璿感覺到她冰涼的手蓋在眼皮上，不由自主閉上了眼睛。

一陣冰涼的水氣直撲到臉上，孫少璿眨了眨眼，猛然吸進一口氣，嗆到了雨水直咳個不停，馬上就感覺到有人拿著乾布來擦拭他的臉。

他睜開眼睛，看見孫子衡焦急的神情和蘇鐵紅著眼睛哭著的模樣。

「少璿？你沒事吧？」孫子衡連忙把他扶起來，蘇鐵只是緊緊抱著他的手啜泣著。

「沒……我沒事。」孫少璿喘了口氣，抬頭往上看，雨水大滴大滴地打在他臉上。

他彷彿看見那條巨龍在雲間以一種悠然自得的姿態盤旋著，低下頭又彷彿看見凝香含笑的神情就在身前。

「我沒事。」孫少璿慢慢笑了起來，轉頭在人群中尋找著，最後在祭台邊上看見倚在段不離身上的段語月。

他正帶笑望著自己，溫和而愉快。

孫少璿只是大笑了起來，一隻手抱著蘇鐵，一隻手臂勾住孫子衡的頸，感覺到開心得不得了。

孫子衡有點一頭霧水，和有些愣愣的蘇鐵對望了一眼，不約而同也笑了起來。

這兩年壓在心上的重石好似消失得一乾二淨，孫少璿只是歡喜地笑著，伸手擁著他

最重要的兩個人，努力在雨中大笑著。

段語月看著孫少璿的笑容，感受到他無比的喜悅，耳邊聽見四周歡聲雷動，雨水直接打到臉上，濕淋淋的，而段不離一臉溫柔地望著他。

段語月笑著，輕聲開口：

「下雨了。」

「嗯，下雨了。」

沒有機會謝謝你這陣子的收容。」

段語月心裡暗自嘆了口氣，只覺得很捨不得，卻還是溫和地笑著回答：

「別這麼說，也讓大哥幫了我不少忙。」

「是啊，往後喜樂莊就會安靜些了，不會吵吵鬧鬧的了。」孫子衡也笑著說。

蘇鐵開心地把碗筷拿來擺好，好奇問著：「什麼吵吵鬧鬧的？」

「說你啊。」孫少璿好笑地捏他的臉。

「我才沒有吵鬧。」蘇鐵扁起嘴來，乖巧地坐在石凳上吃飯。

「我會想念你們的。」段語月輕嘆了口氣，心裡滿是不捨。

孫子衡和孫少璿一起笑了起來，段不離翻了翻白眼：「在隔壁而已，想個鬼。」

「啊？」段語月一下子轉不過來，疑惑地望著段不離，而段不離看起來有點煩躁。

蘇鐵也不知道他們在說什麼，只聽到「隔壁」兩字便開心地說：

「隔壁屋子不是空的嗎？段哥哥帶我們去城裡見了吳大娘，少爺把屋子買下來啦，這樣我可以每天過來幫忙了。」

段語月愣了好一陣子才鬆了口氣地笑了起來：「大哥幹嘛捉弄我呢。」

孫子衡笑道：「還不就想聽你說會想我們。」

「喜樂莊很少這麼有人氣，我覺得人多也蠻不錯的。」

段語月也有些不好意思，又望了段不離一眼。

段不離沒什麼反應，一如往常地往他碗裡夾菜：「吃飯，等下喝藥。」

「嗯。」段語月只是應了聲，乖乖舉起筷子吃飯，孫少璿也沒再捉弄他，跟他聊起搬過去的一些瑣事，幾個人邊吃邊聊，洋溢著一種和樂的氣氛，就像家人一般。

喜樂莊一向是冷清清的，自他姊姊出嫁，他爹經常性的出遠門之後，整個偌大的莊裡就只有他跟段不離兩個人。

他一直也覺得這沒有什麼不好，他只要有段不離就夠了，但現在他卻感覺自己喜歡這種熱鬧的氣氛，那樣溫暖而愉快。

他抬起頭來，孫少璿含笑說著什麼，孫子衡不時堵上幾句，蘇鐵開心地不時插話。段不離雖然面無表情，但偶爾也會應上一、兩句話。

段語月不由自主開心了起來，抬頭望向天空，晴空裡的柔軟白雲之間，帶著一小片烏雲，他似乎可以看見在那片烏雲背後，有條寂寞的龍正蜷在雲裡休息著。

他想起跟龍神的對話，人生不過百年，但他想他還不急著敘舊，他想好好活著，過完這百年，就和他的家人、他的朋友一起。

段語月開心地笑著。

而喜樂莊裡從此多了笑聲和吵鬧聲，直至多年以後仍舊如此。

【後記】

首先感謝大家看到這裡，對於願意讀到後記的每一位，我總是心存感激。

喜樂莊系列是我很久沒嘗試的古裝小說，也依舊是我自己很喜歡的靈異、神怪類別，但我還是必須說這本書是我這幾年來寫過最辛苦的一本，也許是太久沒寫古裝，重複修改的次數是歷年來最多的一本，只希望最後的成品能讓大家喜歡。

段語月和段不離對我來說是蠻新鮮的角色，他們是主僕、是兄弟、是親人、是被綁在一起的靈魂，一起生活、一起經歷一切的苦難。

段語月有著不平凡的靈魂，卻被困在一個極為脆弱的凡人體內，而段不離始終陪伴在他身邊，他們之間有個很長的故事，若還有機會的話，我會好好寫他們的故事，寫他

們身邊的人。

今年上半年的檔期有點滿，因此拖了不少時間，謝謝我的編輯RURU給我的鼓勵和幫助，也感謝她的寬容和親切；謝謝我的朋友們不厭其煩地幫我看稿並給我建議，沒有妳們，我很難完成這部作品，謝謝妳們。

這是第一部跟台灣角川合作的系列，心裡其實也相當緊張，我很高興能有這個合作機會，也擔心自己表現得不夠好，如果有人看完能夠喜歡這個故事，並且願意告訴我，對我來說就是十足的鼓勵。

最後謝謝看到這裡的每一位讀者，如果看完本書能有任何感想的話，衷心希望能與我分享。

蒔舞　2013/07

E-MAIL‧‧sakurainaoto@gmail.com
噗浪‧‧http://www.plurk.com/sakurainaoto

國家圖書館出版品預行編目資料

喜樂莊. 案卷一, 真龍天子 / 蒔舞作. -- 初版. -- 臺北市 : 臺灣國際角川, 2013.08
面 ; 公分

ISBN 978-986-325-527-7(平裝)

857.7 102012145

喜樂莊

案卷一・真龍天子

2013年8月15日　初版第1刷發行

作　者：蒔舞
插　畫：阿亞亞

發 行 人：塚本進
總　監：施性吉
主　編：陳正益
責任編輯：林秀儒
美術副總編：黃珮君
美術主編：許景舜
美術編輯：宋芳茹
印　務：李明修（主任）、張加恩、黎宇凡、張則蝶

發 行 所：台灣國際角川書店股份有限公司
地　址：105台北市光復北路11巷44號5樓
電　話：（02）2747-2433
傳　真：（02）2747-2558
網　址：http://www.kadokawa.com.tw
劃撥帳戶：台灣國際角川書店股份有限公司
劃撥帳號：19487412
法律顧問：寰瀛法律事務所
製　版：尚騰製版印刷有限公司
ISBN：978-986-325-527-7

香港代理：角川洲立出版（亞洲）有限公司
地　址：香港新界葵涌大連排道200號偉倫中心第二期20樓前座
電　話：（852）3653-2804